Loulou

Le train
s'arrête à Kâ

Andrée Marchand

Le train
s'arrête à Kâ

www.quebecloisirs.com

UNE ÉDITION DU CLUB QUÉBEC LOISIRS INC.
© Avec l'autorisation des Éditions Libre Expression
© 2001, Éditions Libre Expression ltée
Dépôt légal — Bibliothèque nationale du Québec, 2003
ISBN 2-89430-616-4
(publié précédemment sous ISBN 2-89111-950-9)

Imprimé au Canada

À la mémoire de mon père et de ma mère

À mes enfants, Marc-Antoine et Catherine

Remerciements

Je tiens à remercier Laetitia De Coninck et Éric De Larochelière, sans lesquels ce livre n'aurait pas vu le jour.

Le train

1.

Assise derrière le guichet, elle débite sur un ton monocorde : « Le prochain départ est dans cinquante minutes, monsieur, destination Radwick, arrivée à huit heures vingt, vous roulerez toute la nuit, mais pour les couchettes, c'est complet. » Je demande un aller simple, prends le billet et me dirige vers le quai. Le train est sur la voie, mais rien ne presse ; je reviens sur mes pas. J'entre dans un café, fais provision de cigarettes et commande une bière. Elle est bonne, amère et fraîche. Je me laisse envahir par ce mélange d'excitation et de tristesse qu'on ne retrouve que dans les gares. Une voix sirupeuse annonce le départ pour Radwick. Je retourne sur le quai et monte dans le train. Je longe le couloir à la recherche d'un compartiment vide ; sachant que je n'arriverai pas à fermer l'œil de la nuit, une banquette fera l'affaire. Après avoir traversé quatre wagons, je trouve enfin. J'entre dans le compartiment et referme la porte derrière moi ; je range mon sac sur le porte-bagages et m'installe côté fenêtre.

Des retardataires accourent sur le quai. Un couple, enlacé, n'arrive plus à se séparer. La voix sirupeuse se fait de nouveau entendre. Le train, tel un animal sortant d'un long sommeil, s'ébranle lentement. La femme du couple est seule sur le quai, elle lève le bras en signe d'adieu ; je pense à Maude.

Nous venions de faire l'amour sans grand enthousiasme. Maude était allongée sur le lit, les yeux clos, aux portes du sommeil. Depuis des jours, j'hésitais à lui dire… J'éteignis ma cigarette et me tournai vers elle.

— Maude, j'ai à te parler.

— Oui, dit-elle, à demi endormie, j'écoute.

— Eh bien, voilà… J'ai réfléchi, ma décision est prise, j'abandonne.

— Tu abandonnes quoi, Max ? demanda-t-elle sans ouvrir les yeux.

— L'écriture, dis-je, l'écriture.

Silence.

Je m'attendais à une discussion interminable ; sa réaction fut tout autre. Elle ouvrit les yeux et, prenant appui sur un coude pour se redresser, elle tendit l'autre bras et montra du doigt les livres entassés le long des murs. D'abord je fus surpris, et ensuite je compris pourquoi Maude indiquait les livres; elle avait toujours été contrariée par ce qu'elle appelait ma lubie d'écrivain.

— Si tu abandonnes l'écriture, dit-elle enfin, tu devras choisir entre eux et moi.

Je choisis les livres.

Maude se leva, entassa quelques vêtements dans une petite valise et, sans un mot, elle partit. Et moi, sans un geste, je la regardai partir.

Le train a pris sa cadence. Je me lève et sors dans le couloir. Au loin, à droite, les lumières de la ville forment un halo jaunâtre, presque sinistre. Je ne ressens rien à l'idée de ne plus y revenir. En montant dans ce train, j'ai l'impression d'avoir franchi le pas d'une porte, de m'être mis entre parenthèses. Je ne sais plus très bien qui je suis ni où je vais. Je pense à la mort. Je me demande si, une fois mort, on sait qu'on est mort. Je retourne dans le compartiment, reprends ma place côté fenêtre, allume une cigarette et regarde défiler le paysage noir dans la nuit noire.

Ma mère mourut, je n'avais que cinq ans. D'elle reste gravée dans ma mémoire l'odeur de sa chevelure rouge, magnifique et rebelle, qu'elle portait attachée sur la nuque, comme pour l'assagir. Et aussi, j'entends encore le bruissement de sa voix me murmurant à l'oreille : «Ne t'affole pas, petit oiseau, ne t'affole pas» lorsque je pleurais pour une éraflure ou d'autres petits malheurs. Après sa mort, mon père devint taciturne et distant; je lui rappelais trop l'absente, dont j'avais hérité la tignasse rousse. Il m'éloigna de lui, et dès l'âge de six ans me mit en pension. J'y fus très malheureux et me vengeai en multipliant les frasques. Pour me punir, on m'enfermait dans une espèce de grand cagibi. Et c'est là, une fois les larmes et la colère passées, que je découvris une montagne de livres empilés le long des murs. J'en pris un au hasard et le plaquai contre mon visage. Le livre dégageait une odeur de terre sucrée et je crus y reconnaître l'odeur des cheveux de ma mère.

La porte du compartiment s'ouvre, je sursaute. Un homme de grande taille, aux cheveux grisonnants, me demande s'il peut prendre place. J'hésite à répondre et finalement fais signe que oui de la tête. J'allonge les jambes sur la banquette d'en face comme pour marquer mon territoire. L'homme me sourit et s'installe côté couloir. Il dépose son sac sur le siège, en retire un journal et en commence la lecture. Je pense au livre glissé dans la poche de ma veste ; la présence de cet homme me contrarie ; seul, j'aurais pu encore une fois… Peut-être que l'odeur…? Je ferme les yeux.

Depuis le départ de Maude, je travaillais dans une petite librairie. Ce matin-là, il tombait un crachin qui vous glaçait jusqu'à l'os. Avec ce temps, il n'y aurait pas foule. J'allais en profiter pour humer une de ces vieilles éditions que le patron gardait sous clé dans une armoire vitrée – un véritable bouquet d'arômes.

J'étais assis derrière le comptoir quand j'entendis le bruit de la porte. Un client entra, et c'est en le suivant des yeux que j'aperçus une femme à la vitrine. Elle se tenait debout, les mains appuyées contre la paroi de verre. La vitre embuée estompait les traits de son visage, déjà en partie dissimulés sous un chapeau noir à large bord. Son manteau d'un vert lumineux rappelait la couleur des jeunes pousses au printemps et faisait tache dans la grisaille de la rue. Cette femme suscita en moi un mélange de peur et de fascination. Je crus voir remuer ses lèvres. Je me levai pour aller vers elle, mais elle disparut. Je me précipitai dehors, regardant à droite, à gauche, personne. Transi, je revins à l'intérieur et, pour calmer mon trouble, me dis que j'avais dû rêver.

L'homme lit toujours, je l'observe. Sous des cheveux coupés en brosse, les traits sont angulaires, le nez fin, les lèvres minces et le menton entaillé d'une fossette. Il porte un col roulé noir sur un pantalon marron en gros velours côtelé, et ses pieds sont démesurément longs. Je ne sais trop pourquoi, mais quelque chose en lui me rassure. Puis, sans réfléchir, d'un geste presque mécanique, je sors le livre de ma veste et l'ouvre au hasard :

Un jour sans doute j'oublierai tout, les
visages, le nom des gens, le nom des choses
derrière lesquelles s'était retranchée ma vie.

Je referme le livre et le dépose sur la banquette.

Le train file dans la nuit noire; je me tourne
vers l'homme et m'entends dire :

— Ça ne vous dérange pas si je fume?

— Non, non, dit l'homme.

Pourtant, je n'ai aucune envie de fumer;
j'allume quand même une cigarette.

Je n'avais toujours pas revu la femme au
manteau vert; mais insidieusement elle s'in-
filtrait dans ma vie, elle me hantait. Peu à peu,
je perdis tout intérêt pour mon travail; j'avais
toujours les yeux braqués sur la vitrine. Je
l'attendais.

Le soir, après avoir quitté la librairie, je
m'installais au café d'en face et je faisais le
guet jusque tard dans la nuit. Ensuite je
rentrais chez moi, toujours un peu ivre. J'étais
sur une mauvaise pente et ne faisais rien pour
freiner ma descente. Et puis, un soir, je pensai
à Maude, et me décidai à l'appeler. D'abord,

elle me battit froid, mais finit par accepter une invitation à dîner pour le lendemain. Je lui donnai rendez-vous vers vingt heures au restaurant où nous avions coutume d'aller. Ce jour-là, après le travail, je m'installai au café comme je le faisais tous les soirs. Puis, au moment où j'allais partir rejoindre Maude, j'aperçus la femme sur le trottoir à quelques mètres de moi. Elle portait le même manteau vert et le chapeau noir à large bord. Mon cœur se dilata, un filet de sueur froide coula sous mes aisselles. Je voulus me lever, m'approcher d'elle, mais n'y parvint pas. Et encore une fois elle disparut. Je ne sais combien de temps je restai là, dans ce vide. Finalement je me levai et, oubliant mon rendez-vous avec Maude, d'un pas lourd je rentrai chez moi. J'étais épuisé. Je m'affalai sur le canapé. Je pris un livre et le plaquai contre mon visage. Rien, le néant, les livres n'avaient plus d'odeur. Je pleurai comme un enfant. Ma vie s'écoulait dans un couloir sans issue, il me fallait fuir cette ville, il me fallait fuir cette femme. Je pris un sac et y jetai pêle-mêle ce qui me tombait sous la main. Je glissai un livre dans la poche de ma veste et quittai l'appartement en laissant les clés sur la porte. Dans la rue, j'arrêtai un taxi et demandai la gare.

Le train ralentit pour ensuite s'immobiliser. L'endroit est à peine éclairé. Une lanterne à la main, un homme va et vient sur le quai désert. Puis le son strident d'un sifflet perce la nuit. Le chef de gare revient sur ses pas, éteint sa lanterne et tout redevient noir.

— Ce train s'arrête continuellement, dit l'homme, il fait le ramassage des sacs postaux. Dites-moi, vous allez loin comme ça?

— Je vais à Radwick.

— C'est à la frontière, vous en avez pour toute la nuit.

— J'ai tout mon temps.

L'homme range son journal et retire de son sac un casse-croûte et une bouteille de vin.

— Vous avez faim?

J'hésite à répondre.

— Faut pas vous gêner, j'en ai suffisamment pour deux.

— Non, merci, je n'ai pas faim.

— Allons, prenez quand même un peu de vin.

J'accepte et lui demande s'il se rend aussi à Radwick.

— Non, je m'arrête à Kâ, et de là je me rends à Perr. C'est un petit village perdu; j'y tiens le café. Vous connaissez la région de Kâ?

— Non, j'ai très peu voyagé.

— Et à Radwick, vous y allez pourquoi?

Sa question me surprend.

— Je ne sais pas très bien pourquoi je vais à Radwick, dis-je enfin, regrettant aussitôt d'avoir laissé entrevoir mon désarroi devant cet inconnu.

L'homme semble sentir mon malaise et n'insiste pas; il me tend la bouteille et m'invite à me resservir. Le vin me fait du bien. Son repas terminé, je lui offre une cigarette. Nous fumons sans rien dire. Ensuite il allonge les jambes sur la banquette.

— Puisque vous avez tout votre temps, dit-il, pourquoi ne pas vous arrêter à Perr? J'ai des chambres au-dessus du café.

Il jette un œil sur sa montre.

— Encore deux heures avant l'arrivée du train, ça vous donne le temps d'y réfléchir.

Il ferme les yeux. Je trouve cette idée plutôt saugrenue et ne m'y arrête pas. J'allume une autre cigarette et regarde le paysage noir dans la nuit noire. Je pense à mon père, et me revois au cimetière, tenant dans mes mains la petite boîte rouge bourgogne; le poids si dense de mon père dans cette petite boîte bourgogne.

J'essaie de dormir, mais n'y arrive pas. L'homme ouvre les yeux et croise les jambes.

— Nous serons bientôt là. Alors que dites-vous de ma proposition?

— Je n'y ai pas réfléchi.

— Prenez donc une pièce et jouez à pile ou face. Laissez agir le hasard. Au fait, je m'appelle Jorge, et vous?

— Max... Max Lüder.

Une fois le train reparti vers Radwick, le chef de gare retourne à l'intérieur. Le quai est désert; Jorge m'a laissé seul le temps de récupérer sa voiture. La ville dort, le silence m'angoisse, je marche pour entendre le bruit de mes pas. Des montagnes, comme un mur, emprisonnent la ville. Pourquoi avoir suivi cet homme? Pourquoi n'être pas allé à Radwick? L'arrivée de Jorge met fin à mes interrogations.

Après avoir traversé la ville, nous nous engageons sur une route sinueuse. L'état de la voiture nous contraint à rouler lentement. On en a pour une bonne heure dans ces montagnes, dit Jorge. J'ai presque la nausée dans cette nuit noire, sur cette route noire qui n'en finit plus de virer, de monter, de descendre. On dirait ma vie parcourue à rebours, et l'idée que je suis peut-être mort me traverse l'esprit. Je ferme les yeux et essaie de dormir; je n'y arrive pas. J'offre une cigarette à Jorge, il refuse; nous serons bientôt là, dit-il. La voiture tangue dans une longue courbe et la vallée s'ouvre devant nous. La nuit devient moins dense; ici et là apparaissent des petits points lumineux. Mon cœur se serre, je ne sais pas très bien si c'est de peur ou de soulagement. Jorge gare la voiture sur une petite place en face du café. Je veux prendre mon sac sur la banquette arrière, il n'y est pas, j'ai dû l'oublier dans le train. Aucune importance, dit Jorge, un homme sans bagage est un homme sans passé.

Une fois à l'intérieur, nous montons à l'étage, il m'assigne une chambre et me souhaite bonne nuit en refermant la porte. Sans un regard sur ce qui m'entoure, je m'affale tout habillé sur le lit et m'endors d'un sommeil de plomb.

Radwick

2.

J'avais cru entendre des petits coups répétés à la porte, je me lève, il n'y a personne. La chambre est inondée d'une lumière ambrée qui accentue la couleur jaune des murs. Face à la fenêtre, une table, et sur cette table, une boîte de stylos avec sa pile de feuilles blanches, comme une invitation à écrire. Sur le mur de droite, une grande armoire – je n'ai rien à y mettre –, puis viennent le lit et une commode. Dans l'angle opposé se trouve un vieux fauteuil en cuir marron clair, flanqué d'une lampe sur pied. Et, jouxtant la porte, un petit lavabo et son miroir.

Après m'être rafraîchi, je sors de la chambre. Un long couloir débouche sur un escalier en colimaçon menant au café. Je descends. Au premier coup d'œil, je vois que Jorge n'est pas là. Derrière le comptoir, un homme d'un certain âge, plutôt petit et rondelet, fait la conversation avec deux clients accoudés au bar. M'apercevant, il dit :

— Vous avez bien dormi, monsieur?

— Oui, très bien.

Au mur, derrière lui, une horloge indique seize heures vingt. Comment ai-je pu dormir tout ce temps?

— Jorge n'est pas là? demandé-je à l'homme. Il me regarde, surpris.

— Il n'y a pas de Jorge ici, monsieur.

— Mais… je suis rentré avec lui cette nuit, il habite au-dessus, j'ai dormi chez lui.

— Je regrette, monsieur, mais les chambres à l'étage sont celles de l'hôtel Heller et ici, c'est le café Heller. Vous êtes arrivé ce matin aux alentours de neuf heures, je m'en souviens très bien puisque c'est moi qui vous ai conduit à votre chambre.

S'alarmant peut-être de l'expression d'hébétude qu'il lit sur mon visage, il contourne le comptoir et vient vers moi.

— Allons, monsieur, venez vous asseoir, je vous prépare un bol de café et quelque chose à manger.

L'homme s'éloigne. Dans ma tête, des images se bousculent : le compartiment d'un train, un homme disant s'appeler Jorge, une pièce de monnaie qui tourne. Pile ou face? Je ne sais plus. C'est peut-être une histoire que j'ai lue quelque part. Tout s'embrouille.

L'homme revient avec le café, des tartines et de la confiture.

— Voilà, monsieur. Avec ça, tout va rentrer dans l'ordre. Vous savez, les rêves, mieux vaut s'en méfier, souvent on ne sait plus très bien si on est dedans ou dehors. Allez, bon appétit.

Je le remercie et mange avec plaisir. Le café est bon, corsé et sans âcreté. J'allume une cigarette et regarde les gens s'installer autour de moi; ce sera bientôt l'heure de l'apéritif. Je reprends un café et décide ensuite d'aller marcher dans la ville. Je m'arrête au comptoir pour régler la note.

— Le petit-déjeuner est compris, dit l'homme, et si vous voulez garder la chambre, il faudrait signer de nouveau le registre.

Je me demande ce que j'ai pu y inscrire en arrivant, je ne me souviens de rien. Il ouvre le cahier et le glisse devant moi. Je lis : «Anton Schill, Perr»; je récris la même chose. L'homme jette un coup d'œil :

— Où se trouve Perr? demande-t-il.

— C'est un petit village dans la région de Kâ.

— Je ne connais pas.

J'allais dire moi non plus, mais n'ai rien dit. Je suis sur le point de sortir, quand l'homme me lance depuis le comptoir :

— Monsieur, si vous voulez vous rendre à la mer, il faut d'abord traverser la place et continuer tout droit, ensuite vous en aurez pour une dizaine de minutes et vous y serez.

Je le remercie d'un geste de la main et m'éloigne.

Après avoir traversé la place, je m'engage plutôt dans une petite rue sous les arcades. Les boutiques étalent leurs marchandises sur les trottoirs, on y vend de tout, vêtements, nourriture et breloques. La cohue finit par me lasser. Je reviens sur mes pas et reprends l'itinéraire suggéré par le cafetier. Bientôt une odeur de sel iodé flotte dans l'air et voilà qu'elle est là, la mer, majestueuse et terrifiante. Le long du quai, trois barques sont amarrées. À cette heure, les autres doivent être au large, ou bien voici encore un de ces petits ports à l'agonie. Sur la droite s'étend une plage, je m'y engage et marche jusqu'à l'extrémité de l'anse, puis fais demi-tour. Le soleil décline. J'ai toujours l'impression qu'à ce moment-là il hésite, comme s'il avait le choix. Je m'assois et ferme les yeux, écoutant la mer. Un vent du large me fait frissonner. Je me lève et rentre à l'hôtel.

Derrière le bar, un jeune homme a pris la place du cafetier ; en me donnant la clé de ma chambre, il m'informe qu'une personne a téléphoné pour moi. Elle a refusé de s'identifier, dit-il, mais elle rappellera. Tiens, me dis-je, il y a un autre Anton Schill dans la ville. Je le remercie et monte à l'étage. Une fois dans la chambre, je m'assois à la table face à la fenêtre, je prends un stylo et quelques feuilles. Je n'écris rien.

3.

Le lendemain, tôt, je descends au café et m'installe au comptoir. Le cafetier est de retour.

— Bonjour, monsieur, dit-il, on dirait que ça va mieux ce matin.

— Oui, oui, merci.

— Bien, dit-il, en me gratifiant d'un large sourire.

Autour de moi, les conversations vont bon train; on parle du temps, de politique et de sport, comme dans tous les cafés.

La place commence à se vider, Loïc — c'est ainsi que les habitués l'appellent — vient vers moi et m'invite à prendre un autre café. J'accepte.

— Alors, monsieur, comment trouvez-vous Radwick?

— L'endroit me plaît.

— Vous comptez rester longtemps?

— Je ne sais pas encore.

Ensuite, il cherche à connaître les raisons de ma présence ici. Je réponds d'abord de façon évasive, puis, voyant que l'homme est plutôt bon enfant, je lui raconte qu'étant écrivain et d'un tempérament nomade j'aime me retrouver ailleurs.

— Et de quoi parlez-vous dans vos livres?

— Eh bien… disons que je parle de gens qui ne savent plus très bien où ils en sont.

— Tiens! dit-il, mais c'est tout moi, ça! Allez, je vous raconte. Il y a quelque temps, ma femme m'a quitté. Faut la comprendre, la pauvre, elle avait ses raisons, et pourtant, je vous le dis, je l'aimais bien, mais c'est plus fort que moi, je ne peux m'empêcher d'aller brouter dans le champ du voisin. Mais, croyez-le ou non, depuis qu'elle est partie, les autres femmes ne m'intéressent plus, alors je me retrouve tout fin seul.

— C'est que vous devez être un bigame dans l'âme, lui dis-je en souriant.

— Je veux bien, dit-il, mais trouver deux nouvelles femmes, ce n'est pas de tout repos!

Et il rit en ouvrant si grande la bouche que, pendant un instant, j'ai cru qu'il s'était décroché la mâchoire. Un client l'appelle de l'autre bout du comptoir.

— Alors, monsieur, vous gardez la chambre le temps de votre séjour? dit-il en s'éloignant.

— Oui, pour quelques jours encore.

— Eh bien, je vous souhaite une bonne journée. Et n'oubliez pas de signer le registre, il est là, à votre droite.

Je signe de nouveau Anton Schill.

La ville est grise et sale, comme laissée à l'abandon; les façades des maisons, rongées par l'air salin, dépérissent. J'erre dans les rues, espérant y faire quelques découvertes. Le long de mon parcours, je remarque une quantité innombrable de chats. Ils sont partout, sur les murets, les toits, les rebords de fenêtres, et ne se laissent pas approcher. À chaque pas de porte se trouve une assiette où leur sont offerts les restes de table. On dirait une société parallèle, arrivée à une entente tacite avec les humains. Je m'engage dans une rue très étroite. Une enseigne aux couleurs criardes attire mon regard; je m'approche. Elle représente un homme filiforme, figé dans la position d'un danseur de flamenco et brandissant d'une main des ciseaux entrouverts – cela me fait sourire. Une idée folle me traverse l'esprit.

Je pousse la porte et entre. La boutique est déserte ; seul le coiffeur, assis dans son fauteuil, feuillette une revue. M'apercevant, il se lève et je reconnais l'homme de l'enseigne ; il est vêtu du même pantalon noir et de la même chemise rouge à gros pois blancs.

— Que peut-on faire avec cette magnifique chevelure ? me demande-t-il en souriant.

— Disons… une coupe très courte et une teinture marron foncé ou noire.

— Seigneur ! dit-il, vous avez bien réfléchi, monsieur ? Moi, avec ces cheveux-là…

Je confirme mon choix et prends place dans le fauteuil du coiffeur. Dans le reflet de la glace, je le regarde se dandiner autour de moi en me lançant des œillades, dans l'espoir peut-être de me voir revenir sur ma décision. Finalement, il semble se résigner. Il me recouvre les épaules d'un tablier aux fleurettes roses imprimées sur fond turquoise et, la mort dans l'âme, donne le premier coup de ciseaux. Je regarde mes cheveux rouges tomber et joncher le sol. Je ne ressens rien, comme s'ils étaient d'un d'autre. Vient ensuite la ronde des questions indiscrètes, si chères aux coiffeurs. J'entre dans le jeu et lui raconte que je suis un homme d'affaires de la capitale, de passage pour quelques jours à Radwick avant de me rendre à l'étranger, bref ; je le fais rêver. Après un temps qui m'a semblé interminable, je me retrouve avec ma nouvelle tête. Je n'avais jamais remarqué combien mes oreilles étaient grandes.

Tout cela m'a donné faim. Je m'arrête dans un bistrot et constate qu'avec mes cheveux noirs et courts je n'attire plus les regards. Je m'installe à la terrasse. Le soleil a eu raison des nuages et, tels les bras d'une amante, il m'enveloppe d'une bonne chaleur. Après avoir mangé, je prends une bière et fume quelques cigarettes.

Ensuite je m'achemine vers le port. En passant devant une petite librairie, je remarque une affichette dans la vitrine ; on demande du personnel.

Arrivé sur la grève, j'enlève mes chaussures, roule mon pantalon et marche en laissant les vagues me caresser les chevilles ; c'est une sensation agréable. La plage est déserte. Je m'assois et fume une cigarette. Des nuages réapparaissent, la mer passe du bleu au gris.

Pendant que je suis occupé à remettre mes chaussures, je sens une présence. Je relève la tête : à environ deux mètres, une vieille femme me regarde. D'une main fermement appuyée sur sa canne, elle tient dans l'autre une bouteille vidée de son contenu et à l'intérieur se trouve ce qui me semble être une feuille de papier roulée. Elle s'approche; sur son visage léché par les vents marins, on dirait l'empreinte de l'âme, se traçant mille chemins pour s'évader.

— Vous n'êtes pas d'ici, ça se voit, dit-elle.

— Ah oui? Et comment?

— Les gens d'ici ne marchent pas pieds nus dans la mer.

Elle plisse les yeux; il ne reste plus que deux petites fentes illuminées de l'intérieur.

— Depuis trente ans, tous les jours je viens sur cette plage. Je sais tout ce qui s'y passe et, depuis longtemps, il ne s'y passe rien.

Je l'écoute sans rien dire. Elle continue :

— C'est pour mon fils que je viens, ça fait trente ans qu'il est parti en mer et il n'est toujours pas rentré.

Silence.

— Mais je sais qu'il est vivant.

Silence.

— Une mère sent ce genre de chose.

Elle lève le bras pour me faire voir la bouteille.

— Vous voyez, tous les jours je lui envoie un petit mot.

Cette vieille femme m'émeut.

— Faut dire que mon fils et moi, on n'était pas en très bons termes; je ne voulais pas qu'il soit pêcheur comme son père. (Silence.) La mer, c'est qu'elle est gloutonne, elle m'a déjà pris le mari, mais lui, je sais qu'il est mort. (Silence.) Mon fils, il pêche quelque part et ma bouteille finira bien par se prendre dans ses filets.

Elle se tourne ensuite vers la mer et fixe le large comme si elle voyait plus loin que l'horizon. Pendant un long moment, elle reste immobile, puis vient vers moi et, de sa canne, trace une ligne dans le sable, juste à la pointe de mes pieds.

— Elle s'arrêtera là, dit-elle.

— Que voulez-vous dire?

— La marée, juste là, à vos pieds, elle s'arrêtera.

Je n'ose bouger de peur d'effacer la ligne, et la femme.

— C'est l'heure, je dois aller sur le quai. Vous m'accompagnez?

Je me lève et la suis. Son pas est alerte. Je me demande quel âge elle peut avoir. Nous marchons, silencieux. Lorsque nous arrivons au quai, elle me demande d'où je viens.

— De Perr, lui dis-je, dans la région de Kâ.

— Je ne connais pas, dit-elle.

J'allais dire moi non plus, mais n'ai rien dit.

— Maintenant, laissez-moi.

Elle s'engage sur le quai et je m'éloigne en direction de la ville. Par pudeur, je ne l'ai pas regardée accomplir son rituel.

Dans la rue longeant le port, il y a un bistrot où l'on sert des sardines. J'entre. L'endroit est bondé, mais j'arrive à me trouver une place au bar. Ce bistrot me plaît. Avec les sardines, je bois un vin rosé; il est frais, léger, presque pétillant. Je mange avec appétit. Une table donnant sur le port se libère, et je m'y installe pour prendre le café. La nuit est tombée et, bien que désert, le port reste largement éclairé. En sortant du bistrot, je retourne sur la plage. La lune est pleine, on y voit bien. Je scrute le sol et retrouve la ligne tracée par la vieille; le flux de la mer s'y arrête. Je ne connais rien à la mer et aux marées, mais je préfère croire la vieille. Je m'accroupis et regarde, fasciné, la petite vague venir inlassablement mourir au même endroit. Je me dis que l'on voit ce que l'on veut bien voir, et que c'est peut-être mieux ainsi.

En rentrant à l'hôtel, je ne fais que traverser le café. Loïc est toujours derrière le bar; d'un geste de la main, je le salue. Il me regarde sans réagir.

— Monsieur Schill, dit-il enfin, c'est bien vous?

Sur le coup, j'ai cru qu'il s'adressait à quelqu'un d'autre.

— Seigneur! Monsieur Schill, faut dire que ça vous change.

— C'est mieux ainsi, vous ne trouvez pas? lui dis-je en réalisant qu'il fait allusion à mes cheveux.

— Peut-être, monsieur, peut-être.

Ce soir-là, assis à la table devant la fenêtre, j'ai écrit six cent vingt-quatre fois «Anton Schill».

4.

La mer est houleuse et le ciel, d'un gris opaque. Le vent chargé d'embruns souffle en rafales et me balaie le visage. La vieille femme n'est pas sur la plage. Je marche de long en large et finalement m'assois au même endroit que la veille. Avec ce vent, je n'arrive pas à allumer ma cigarette. Je me passe machinalement la main dans les cheveux, encore surpris de les trouver si courts. Je jette un œil sur ma montre : dix-huit heures quarante. Elle ne viendra pas, me dis-je.

— Bonsoir.

Au son de sa voix, je sursaute ; elle est là, debout derrière moi, comme venue de nulle part.

— Je voulais vous revoir.

— Pourquoi ? dit-elle.

— Je ne sais pas… Est-il toujours nécessaire de savoir pourquoi on fait les choses ?

— Non, dit-elle.

Silence.

— Vous voyez, moi, je ne sais plus très bien pourquoi je viens ici tous les jours.

— Peut-être pour vous aider à vivre.

— Ou à mourir, dit-elle.

Ensuite, silencieuse, elle s'éloigne un peu puis s'arrête, regardant la mer plus loin que l'horizon. Au bout d'un moment, elle revient vers moi, en comptant ses pas, me dépasse légèrement et de sa canne trace à nouveau la ligne des marées. Je l'observe sans rien dire.

— Le temps me manque aujourd'hui. Vous m'accompagnez? dit-elle.

Je me demande ce que peut être le temps, pour elle. Je pense au petit billet dans la bouteille. Y écrit-elle toujours les mêmes mots ou bien sont-ils devenus superflus et seul le geste persiste-t-il? Rompant le silence, elle dit :

— Je m'appelle Jeanne, et vous?

— Je m'entends dire «Oleg».

— Vous avez dit Oleg?

— Oui, Oleg.

Elle me regarde en plissant les yeux.

— Vous viendrez demain? demande-t-elle.

— Oui, Jeanne, je viendrai.

Elle sourit sans ouvrir les lèvres et s'engage sur le quai. Je la suis du regard pendant un court moment, puis repars vers la ville.

En rentrant, je revois la petite librairie; l'affichette y est toujours.

Ce soir-là, dans ma chambre, j'ai écrit mille deux cent quarante-sept fois «Oleg».

5.

Au premier coup d'œil, il n'y avait personne, puis un homme entre deux âges, grand de taille et bien en chair, sort de l'arrière-boutique.

— Bonjour! lui dis-je, je viens pour le travail, il semble que vous cherchez quelqu'un?

L'homme s'approche, retire ses lunettes et me regarde.

— Alors, ce travail vous intéresse?

— Oui, ce travail m'intéresse.

— Et pourquoi?

— Parce que j'aime les livres.

— Je suis le seul libraire en ville. Si vous aimez les livres comme vous le prétendez, comment se fait-il que je ne vous ai jamais vu auparavant?

— Je ne suis pas d'ici.

— Ah bon! Alors d'où êtes-vous?

— De Perr, dans la région de Kâ.

– Je ne connais pas.

J'allais dire moi non plus, mais n'ai rien dit.

– Et les livres, vous les lisez?

Surpris par sa question, j'hésite à répondre.

– Mais oui, dis-je enfin.

– Voyez-vous, mon ancien employé, il avait lui aussi une passion pour les livres, mais il ne les lisait pas, et les livres, si on ne les lit pas, ils dépérissent et ne deviennent plus qu'un amas de papiers.

– Oui, oui, vous avez bien raison.

Il s'éloigne comme pour mieux réfléchir.

– Bon, dit-il, on pourrait faire un essai. Quand pourriez-vous venir?

Nous étions jeudi, je voulais me garder du temps pour Jeanne et aussi trouver à me loger.

– Lundi me conviendrait, lui dis-je.

– C'est bien, alors on fait comme ça. Je me nomme Karl, dit-il en me tendant la main, et vous?

– Je m'entends dire : «Hans... Hans Krool.»

– Vous savez, c'est fou comme vous lui ressemblez.

– À qui? demandé-je.

– À Max, mon ancien employé, mais lui, il avait une tignasse rousse qu'il portait attachée sur la nuque, pour l'assagir, disait-il.

Il rit d'un bon rire bien gras. Peut-être qu'on vit plusieurs vies à la fois, pensé-je en sortant.

Face à la librairie se trouve un café. Je traverse la rue et m'installe à la terrasse. La journée est belle et douce ; à l'odeur de la mer se mêlent des parfums que je ne connais pas. Je regarde défiler les gens et pense à ce nouveau nom dont je viens encore de m'affubler. Une jeune fille passe dans la rue, elle est belle dans sa petite robe bleue comme le ciel bleu, laissant voir ses longues jambes.

Il est encore tôt, mais je décide quand même de me rendre au port. Jeanne n'y est pas. Je rebrousse chemin et marche au hasard des rues. Sur la façade d'un petit immeuble, il y a une plaquette « À louer ». Je prends note de l'adresse et poursuis mon chemin. Plus tard, je retourne à la plage. Aujourd'hui il n'y a pas de vent. J'allume une cigarette et la fume avec lenteur. Je devais être distrait, ou bien Jeanne vient vraiment de nulle part.

— Bonjour, Oleg, dit-elle.

Jeanne est là debout à ma droite.

— Bonjour Jeanne, je vous attendais.

Elle s'assoit à mes côtés et plante sa bouteille dans le sable. Je remarque l'absence de petit billet à l'intérieur, mais ne dis rien.

— Dites-moi, Oleg, qu'êtes-vous venu faire dans cette ville?

— Je ne sais pas.

— Pensez-vous y rester?

— Peut-être.

— Il ne faut pas vous installer ici.

— Pourquoi?

— Parce qu'il n'y a rien ici.

— Vous savez, je crois que c'est un peu partout pareil.

— Alors, pourquoi mon fils ne revient-il pas?

— Il reviendra, Jeanne.

— Vous croyez? dit-elle en tournant la tête vers le large.

Silence.

— Peut-être que ça ne vaut plus la peine de jeter une bouteille à la mer.

— Mais oui, Jeanne, c'est comme un moment passé avec lui.

— Je ne sais plus.

Silence.

— Je suis si lasse d'attendre.

Silence.

— Et vous, Oleg, qu'attendez-vous?

— Moi, je n'attends rien.

— Vous mentez, on attend tous quelque chose ou quelqu'un.

— C'est vrai, dis-je, aujourd'hui je vous attendais.

Elle sourit sans ouvrir les lèvres.

Je suis bien dans ce silence avec elle, il y a des moments où les mots n'ont plus cours, comme après une trop longue absence.

— C'est l'heure, dit-elle.

J'esquisse un mouvement pour l'aider à se relever.

— C'est pas la peine, dit-elle, j'ai l'habitude.

Ensuite elle fait quelques pas derrière moi et trace la ligne de la marée.

— Avec la Lune, elle prend du large. Allons, Oleg, venez.

J'aimerais prendre son bras, mais n'ose pas. Au moment où nous nous séparons, je me demande si elle va jeter la bouteille vide.

Ce soir-là, je ne suis pas retourné sur la plage. J'ai pris mon repas au café de l'hôtel. Ensuite, dans la chambre, sur la feuille blanche, j'ai écrit cent trente-deux fois «Hans Krool». J'étais distrait, la jeune femme à la robe bleue comme le ciel bleu me trottait dans la tête.

6.

Au troisième coup de sonnette, la porte s'entrouvre et une femme au teint terreux et à la chevelure filasse me regarde fixement.

– Si c'est pour l'appartement, dit-elle, il faut le prendre tel quel, meublé et encombré.

– Justement, je cherche un meublé, et pour le reste on verra.

– Alors, attendez-moi là, le temps de prendre les clés.

L'immeuble est défraîchi, comme en sursis ; mais le splendide escalier, ouvragé de belles arabesques en fer forgé, et la finesse de la marqueterie recouvrant les marches ne laissent aucun doute sur ses origines bourgeoises. Au bruit de la porte qu'elle verrouille, je me retourne vers la concierge.

– C'est tout en haut, allez, passez devant, je ne suis plus très rapide. Les bronches…, dit-elle en posant une main sur sa poitrine.

Je l'entends haleter derrière moi ; je ralentis le pas. Arrivée en haut, elle est sans voix. Elle ouvre la porte et se met en retrait, m'invitant à entrer. Je reste figé sur place, des centaines de livres sont entassés le long des murs. Ayant retrouvé son souffle, la concierge me lance :

— Je vous avais prévenu, meublé et encombré.

J'entre et longe le couloir conduisant d'un côté à la cuisine et de l'autre, à la chambre. L'endroit a quelque chose d'insolite et de fascinant. Une odeur indéfinissable imprègne les lieux et, sans trop savoir pourquoi, je ressens une sorte d'empathie pour l'ancien locataire. Ma décision est prise, et je retourne vers la concierge, qui attend toujours sur le palier.

— Vous avez vu, dit-elle, il a tout laissé derrière lui et me voilà avec tout ça sur les bras, mais si vous aimez la lecture, vous serez comblé, et elle rit d'un petit rire sec.

— Cela me convient, j'emménagerai demain.

Nous descendons ratifier l'entente. Je signe les papiers du nom de Frank Howell.

Je me rends ensuite au bistrot devant la librairie, espérant y revoir la jeune femme à la robe bleue comme le ciel bleu. Installé à la terrasse, après deux cafés, las d'attendre, je m'apprête à partir quand je l'aperçois. Elle s'arrête devant la librairie, pose les mains contre la vitrine, regarde à l'intérieur et se décide à entrer. Je me rassois et commande une bière ; au bout d'un moment, elle ressort. Sur le pas de la porte, Karl parle avec elle et finalement ils se quittent en se serrant la main. L'envie de la suivre me traverse l'esprit, mais je n'en fais rien. J'allume une cigarette et la regarde s'éloigner. Puis je pars flâner dans la ville. Je croise le coiffeur.

— Mon dieu, dit-il en me saluant, quel malheur d'avoir fait disparaître votre magnifique chevelure !

Et il rit, laissant voir de belles dents trop blanches qui me paraissent fausses.

Après une sieste à l'hôtel, je me rends au port. En descendant sur la plage, je suis surpris d'y trouver Jeanne assise sur le sable. À cette distance, elle m'apparaît si frêle et vulnérable, pourtant je sais qu'elle ne l'est pas. Je m'approche ; à ses pieds, enfoncée dans le sable, la bouteille est encore vide. À mon bonjour, elle sursaute et relève la tête ; elle devait somnoler.

— Vous êtes en retard, Oleg, dit-elle.

— Aujourd'hui, je crois que c'est vous qui êtes en avance.

— Vous auriez pu deviner que j'allais venir plus tôt.

— Peut-être, Jeanne. Je regrette.

— Vous ne savez pas écouter, Oleg.

— C'est vrai, je n'ai jamais su.

— Mon fils, depuis tout ce temps qu'il est parti, j'entends toujours battre son cœur.

Silence.

— Les gens parlent trop, ils ne savent plus écouter.

Je regarde la bouteille vide. Jeanne me dit peut-être quelque chose que je n'arrive pas à comprendre. Elle reste silencieuse, fixant le large, puis se lève et prend la direction du port. Je la suis.

— Oleg, dit-elle soudain, avez-vous des enfants?

— Non, aucun.

— Pourquoi n'avez-vous pas d'enfants?

— Je ne sais pas, je n'y ai jamais réfléchi.

— Les enfants, c'est comme le sable, ça nous file entre les doigts, dit-elle.

Ce jour-là, je lui propose de l'attendre pour la raccompagner. Elle refuse, disant qu'elle préfère être seule.

— Alors, à demain, Jeanne.

— À demain, Oleg, dit-elle en s'éloignant.

En rentrant à l'hôtel, il me revient en mémoire qu'aujourd'hui elle n'a pas tracé la ligne des marées et, sans trop savoir pourquoi, je m'inquiète ; c'est un sentiment nouveau, qui me laisse songeur.

Loïc est encore à son poste derrière le bar. Avant de monter à ma chambre, je décide de régler la note.

— Vous quittez la ville ?

— Oui.

Ce soir-là, sur la feuille blanche, j'ai écrit sept cent quatre-vingt-onze fois « Frank Howell ».

7.

La concierge était occupée à nettoyer le vestibule. Au bruit de mes pas, elle s'arrête.

— Bonjour, monsieur Howell, dit-elle.

Puis, posant les yeux sur le petit sac à provisions que je tiens à la main, elle ajoute :

— Alors, voilà tout votre bagage?

— Oui, répondis-je d'un ton irrité.

Je n'ai aucune envie de faire la conversation, et sa curiosité m'exaspère.

— Mon Dieu, dit-elle, on dirait l'ancien locataire, et elle rit d'un petit rire sec.

Je coupe court à son bavardage en lui souhaitant le bonjour et me précipite dans l'escalier.

En ouvrant la porte, j'ai l'impression d'une présence, pourtant il n'y a personne; c'est peut-être l'étrange odeur déjà remarquée la veille. Je dépose mon sac dans le couloir et me rends à la cuisine. Les armoires sont bien garnies, on y trouve de tout, thé, café, sucre, farine… Face à la fenêtre sans vue, une table et deux chaises avec, dans l'angle, des piles de livres. Je reviens sur mes pas et traverse la salle de séjour, s'y trouvent un canapé, une petite table et une lampe torchère emprisonnés par des livres et, croulant presque sous sa charge, le téléviseur semble vouloir se faire oublier. Je longe le couloir, tout aussi encombré, et me retrouve dans la chambre. Un lit et sa table de chevet agrémentée d'une lampe occupent le milieu de la pièce, avec sur la droite une commode et tout autour des livres. Vient ensuite un placard, j'ouvre la porte; il est rempli de vêtements. Cédant à une impulsion, j'en essaie quelques-uns. Il n'y a pas de doute, l'homme était de ma taille; je pourrai lui emprunter ce dont j'aurai besoin. Derrière la porte, un miroir me renvoie mon image. J'ai du mal à me reconnaître, et cela me trouble. Je décroche le miroir et le range au fond du placard. Je retourne à la cuisine et me prépare un café. Assis à la table, la fenêtre m'offre un coin de ciel bleu. Je pense à la jeune femme à la robe bleue. J'allume une cigarette, allonge le bras et prends un livre au hasard. On y traite de statistiques sur les fluctuations de l'économie depuis le début de l'ère industrielle jusqu'à nos jours. Je m'en lasse rapidement et en prends un autre, un petit roman racoleur et sans intérêt. Le suivant parle d'ésotérisme ; je l'écarte, et en feuillette ainsi une bonne douzaine. Aucun ne m'intéresse vraiment. J'ai alors l'idée de les semer un peu partout dans la ville ; ainsi ils finiront bien par atteindre ceux à qui ils sont destinés. Une phrase déjà lue quelque part me revient en mémoire : «On se croit propriétaire des choses, et puis au bout du compte tout est redistribué.» J'en remplis deux sacs à provisions et je sors. Je pense d'abord avertir la concierge, mais n'en fais rien ; de toute façon je lui rends service en désencombrant l'appartement et de plus, j'ai l'impression que ces livres m'appartiennent.

La journée est belle, un vent chaud vient du large, je me sens bien, presque euphorique. Après m'être acquitté de ma tâche, je retourne à la terrasse du café face à la librairie. Je déjeune copieusement et repars sans avoir revu la jeune femme à la robe bleue comme le ciel bleu. Ensuite je me rends au port, empruntant les rues où j'ai semé les livres. À ma grande surprise, il n'en reste que quelques-uns. Je songe à retourner chez moi refaire le plein, mais n'en fais rien.

Allongé sur le sable, j'ai dû m'endormir, car je me réveille en sursaut avec l'étrange impression d'être observé par quelqu'un penché vers moi, mais il n'y a personne. D'un bond je me lève et aperçois Jeanne venant du côté de la baie. Je lui fais signe de la main et marche à sa rencontre.

— Aujourd'hui, vous êtes en avance, Oleg, dit-elle, arrivée à ma hauteur.

— J'aime bien attendre, quand la personne m'est chère.

Elle sourit sans ouvrir les lèvres et je vois comme une ombre dans ses yeux. Le petit billet a repris sa place dans la bouteille, cela me rassure. Assis côte à côte, nous restons silencieux.

— Vous savez, Oleg, dit-elle soudain, que vous portez le même prénom que mon fils?

Je me tourne vers elle, me disant qu'elle s'invente une histoire.

— Dites-moi, Jeanne, quel âge avait-il quand il est parti pour ne plus revenir?

— Seize ans. Cela lui en fait quarante-six maintenant. Et vous, Oleg, quel âge avez-vous?

— Quarante-quatre ans.

— Peut-être était-il plus jeune, ma mémoire s'embrouille. Vous lui ressemblez, sauf pour les cheveux ; les siens étaient rouges, un vrai soleil couchant.

Je ressens si fort sa tristesse, sa solitude, mais ne trouve pas les mots qu'il faudrait, alors je prends sa main dans la mienne, une petite main d'enfant qui s'abandonne, et nous restons ainsi dans le bruit du silence. Le soleil rouge se noie dans la mer. C'est le moment du rituel.

— Bonsoir, Oleg, me dit-elle avant que l'on se sépare.

— Bonsoir, Jeanne, et à demain.

Elle ne répond pas et pour la première fois je me demande si Jeanne existe vraiment.

Après avoir fait quelques courses, je rentre chez moi. La loge de la concierge est fermée. Je me précipite dans l'escalier de peur de la voir apparaître.

Avant de m'endormir, je pense à la petite main de Jeanne dans la mienne. Je pleure.

8.

J'entends comme un bruit de va-et-vient dans le couloir, je prête l'oreille, tout semble calme. Je me lève. La lueur du jour est déjà bien installée, je sais que je n'arriverai plus à dormir. Je vais dans la cuisine me faire un café et manger un peu. Ensuite je m'allonge sur le canapé et allume une cigarette; c'est en prenant le cendrier que je remarque un tiroir sous la table. Un cahier noir se trouve à l'intérieur, je l'ouvre. L'écriture ronde et soignée ressemble étrangement à la mienne. Je lis :

Le futur ne commence qu'à la frontière de l'inconnu.

Un homme agonisant qui, au moment de mourir, tue son chien pour ne pas partir seul.

Cette histoire n'est pas une histoire, c'est une parenthèse dans le temps et le temps n'existe pas, il n'est qu'une illusion contre la mort.

J'hésite à poursuivre ma lecture, j'ai l'impression d'être un voyeur. Je ferme le cahier, le remet à sa place et finalement je m'endors.

Il est près de treize heures quand je me réveille, avec encore cette impression d'être observé par quelqu'un penché vers moi. Cette fois, je vois que c'est un homme et je crois le reconnaître, mais tout devient flou. Je me sens lourd, j'ai trop dormi. Je vais sous la douche et, après avoir rempli mes deux sacs de livres, je sors de l'appartement. J'entends des voix provenant des étages inférieurs. Par la cage de l'escalier, j'aperçois la concierge avec une jeune femme. Je descends lentement et, rendu au deuxième palier, je m'arrête. À cette distance, je reconnais la jeune femme à la robe bleue comme le ciel bleu – aujourd'hui, elle est en noir. Elles entrent dans la loge de la concierge et, une fois la porte refermée, je dévale l'escalier et me précipite dans la rue. J'ai le cœur qui cogne, je marche très vite et me retrouve à la plage avec mes deux sacs pleins. J'ai du mal à comprendre pourquoi je suis dans cet état et m'interroge sur la nature des liens entre les deux femmes. Distrait, je bute contre un objet enfoncé dans le sable. Je me penche. Il n'y aucun doute, c'est la bouteille de Jeanne, avec son petit billet enfermé à l'intérieur. Je regarde aux alentours; personne. Je m'assois et pose la bouteille à mes pieds. Si Jeanne est venue, pourquoi est-elle repartie sans la bouteille? L'a-t-elle oubliée? Ou volontairement laissée là en signe de son passage? Je marche de long en large. Un vent se lève, je frissonne. Je me rassois et fume plusieurs cigarettes à la chaîne; les heures passent, la nuit tombe : Jeanne ne viendra pas. Je me rends sur le quai avec la bouteille et songe à accomplir son rituel, mais n'en fais rien. Après avoir semé les livres, je rentre chez moi. Si ce n'était le ronron des téléviseurs, l'immeuble serait silencieux. Il n'y a plus trace de la jeune femme à la robe bleue comme le ciel bleu.

Je dépose la bouteille de Jeanne sur la table de la cuisine et me verse un verre de vin; je le bois d'un trait et en prends un autre. Je n'ai pas faim. L'envie de lire le petit billet croît avec l'ivresse; mais quelque chose me retient, comme une peur de ce que je pourrais y découvrir. Je décide finalement de me mettre au lit. Au passage, j'ouvre le tiroir et reprends le cahier noir et, faisant fi de mes scrupules, j'en poursuis la lecture.

Cette histoire, je ne sais plus si je l'ai lue ou écrite, je ne sais plus si elle est réelle ou fictive.

Et plus rien sur une bonne dizaine de pages, puis l'écriture reprend, mais elle est différente, plus resserrée, plus nerveuse. Le doute resurgit, je ne sais plus si je veux lire cette histoire. Je pose le cahier sur la table de chevet et j'éteins.

9.

J'ouvre la porte et une odeur de café me monte aux narines; Karl se retourne et vient vers moi.

— Bonjour, Hans, dit-il en me tendant la main, et il m'invite à le suivre dans l'arrière-boutique. Nous prendrons d'abord un café, allez, assoyez-vous.

En retrait, une table minuscule et deux chaises font face à la porte, permettant ainsi de garder un œil sur la boutique. Karl y dépose les tasses et le sucre.

— Ce café est très bon, lui dis-je.

— Tout est dans la mouture; je vous apprendrai. Dites-moi, avez-vous trouvé à vous loger?

— Oui, un petit meublé, pas très loin d'ici.

Je songe à lui parler des livres, mais n'en fais rien.

— Très bien, dit-il. Pour les horaires, voici ce que je vous propose : vous ferez l'ouverture, moi, je n'entrerai qu'en début d'après-midi et vous pourrez partir vers dix-huit heures. Qu'en pensez-vous?

– Cela me convient.

Puis il se tait et me regarde avec insistance comme s'il cherchait un indice. Cela me rend mal à l'aise. Je sors mon paquet de cigarettes et lui en offre une; il l'accepte, l'allume et rejette lentement la fumée.

– Hans, dit-il, vous n'auriez pas un lien de parenté avec Max, mon ancien employé? La ressemblance est troublante, surtout avec ce pull que vous portez. Il en avait un identique.

Du coup, je réalise que je loge dans l'appartement de Max, que je porte ses vêtements et que je viens de reprendre son travail. Je me sens tout drôle et me mets à transpirer. Je sors un mouchoir de ma poche et, faisant mine de me moucher, j'en profite pour m'éponger le front. Karl ne dit rien, se lève et m'offre un autre café.

– Allons! fait-il enfin. Ne vous mettez pas dans des états pareils, ce ne sont que des coïncidences. Dites-moi plutôt ce que vous faisiez avant de venir à Radwick.

– J'écrivais.

– Vous n'écrivez plus?

— Non, pas en ce moment.

— J'aimerais bien lire ce que vous avez écrit.

— L'écriture n'est pour moi qu'un rituel. Je détruis tout ce que j'écris.

— C'est peut-être dommage.

— Je ne me suis jamais posé la question.

La porte d'entrée s'ouvre, Karl se lève, je le suis dans la boutique. Pendant que le client bouquine, il m'explique le fonctionnement de la caisse et m'informe que la clé de l'armoire vitrée, contenant une collection de livres anciens, se trouve sous le tiroir-caisse.

— Ces livres me viennent de ma famille, ils ne sont pas à vendre, mais s'ils vous intéressent, vous pourrez les regarder.

En me disant cela, il met la main sur mon épaule ; je ressens de la sympathie pour cet homme.

— Maintenant, j'ai à faire dans l'arrière-boutique. Je vous laisse vous débrouiller, car on a beau dire, les livres, il faut bien les vendre, et croyez-moi, les écrivains, ils n'attendent que ça.

Et il rit de son bon rire bien gras.

Je n'ai pas vu passer la journée ; pourtant, à dix-huit heures, en quittant la librairie, j'ai eu l'impression que je venais de m'installer dans une routine. Je suis rentré chez moi prendre la bouteille de Jeanne pour ensuite me rendre à la plage. J'ai attendu jusqu'à la tombée de la nuit; elle n'est pas venue. Alors, avec un coquillage, j'ai tracé une ligne dans le sable, tel un signe de mon passage, que la marée effacera. Je pense à la mort qui, d'un trait, efface la vie.

Jeanne n'est pas revenue. Je continue quand même de me rendre à la plage, mais je ne l'attends plus. J'aurais pu interroger des gens aux alentours, tenter de la retrouver, mais n'en ai rien fait. Je m'assois face à la mer et me laisse envahir par l'espace, qui, étrangement, se referme autour de moi telle une couche protectrice. Jeanne m'habite et j'apprends à écouter ce que l'oreille ne peut entendre. Les maux de l'âme sont silencieux.

La bouteille attend sur la commode de ma chambre, je ne l'ai pas ouverte, et je n'ai pas repris la lecture du cahier noir.

10.

On frappe à la porte, il est près de vingt heures. J'hésite à répondre, craignant que ce soit la concierge, mourant d'envie de venir mettre le nez dans mes affaires. On cogne une seconde fois; je me résigne à ouvrir.

– Bonsoir, Max.

Je reste sans voix : c'est la jeune femme à la robe bleue comme le ciel bleu. Ce soir, elle est en rouge.

En la voyant de si près, j'ai su que j'allais l'aimer; comme ça, sans raison, j'ai su que je l'aimais.

Elle est en colère, elle parle de Max, de cheveux teints, de retour, de supercherie; moi, je ne vois que le léger frémissement autour de ses lèvres et soudain, je la sens au bord des larmes.

– Entrez donc un moment, dis-je enfin.

– Non, je n'entre pas.

– Je me nomme Frank... Frank Howell.

Elle parle encore de Max, de cheveux courts, de départs… Moi, je ne regarde que ses lèvres. J'ai beau insister, elle refuse toujours d'entrer, mais avance d'un pas et jette un œil dans le couloir.

— Tiens! dit-elle, on dirait qu'il y a moins d'encombrement ici. Seriez-vous en train de vous débarrasser de tous ces livres?

— Oui, c'est mon intention.

Elle sait que Max ne pourrait jamais se séparer de ses livres. Elle semble avoir un doute sur mon identité et finalement accepte d'entrer; pour un instant, dit-elle. Je lui propose un café et l'invite à me suivre dans la cuisine; elle s'installe à la table. Je sens son regard sur moi pendant que je m'affaire.

— Je n'ai jamais compris la folie de Max pour les livres, dit-elle, surtout qu'il ne lisait jamais.

— Il devait avoir ses raisons, dis-je.

— Sans doute. Il était si secret.

Je sers le café et lui offre une cigarette.

— Je ne fume pas.

Elle boit à petites gorgées et semble se détendre. J'en profite pour l'interroger sur Max.

— Que faisait-il, votre ami?

– Il était écrivain. Enfin, si on peut dire, puisqu'il détruisait à peu près tout ce qu'il écrivait.

Je pense au cahier noir, mais n'en dis rien.

– Il va certainement revenir, lui dis-je, pour la rassurer.

– Moi, je ne crois pas, et puis, maintenant, ça m'est égal.

– Alors pourquoi êtes-vous si en colère contre lui?

– Parce qu'on ne disparaît pas de cette façon, sans un mot, sans rien. Ce soir-là, nous avions rendez-vous et… Pourquoi je vous raconte tout ça?… Je suis vraiment idiote.

– Je ne pense pas que vous soyez idiote.

Elle me regarde avec un petit sourire; on dirait une brise effleurant ses lèvres si parfaitement dessinées. Puis elle me demande d'où je viens.

– De Perr, dans la région de Kâ.

– Je ne connais pas, dit-elle.

J'allais dire moi non plus, mais n'ai rien dit.

– Qu'êtes-vous venu faire dans cette ville?

– Rien en particulier, je voyage.

– L'endroit n'a pourtant rien d'exceptionnel. Il y a bien la mer, mais sans la pêche c'est une ville à l'agonie.

— Moi, j'aime bien, peut-être à cause de cet état d'agonie, tout est comme suspendu, en attente. Il y a quelque chose d'irréel dans cette ville… Mais vous, vous êtes bien réelle… n'est-ce pas?

Elle a encore ce petit sourire sur ses lèvres si parfaitement dessinées.

— Et vous, dit-elle, êtes-vous bien réel?

— J'ai quelquefois des doutes.

Elle tourne la tête, je la sens mal à l'aise, j'ai dû l'effrayer avec mes doutes. Sans réfléchir, j'allonge le bras et pose ma main sur la sienne. Elle la retire aussitôt.

— Vous voyez bien que je suis réel, dis-je en riant.

— Bon, dit-elle, je dois partir.

— Déjà?

— Oui, j'ai à faire.

— Vous ne pouvez pas rester encore un peu?

— Non, vraiment pas.

— Nous pourrions nous revoir… Peut-être le week-end prochain?

— Je ne sais pas.

— Je vous laisse mon numéro de téléphone.

— Ce n'est pas la peine, je l'ai déjà.

— Vous aimez le cinéma? Nous pourrions aller au cinéma. Ou bien faire autre chose… Vous me téléphonerez?

Elle ne dit rien, déjà elle s'apprête à ouvrir la porte.

— Dites-moi au moins votre nom.

— Je m'appelle Maude, et vous, c'est quoi déjà?

— Frank… Frank Howell. J'espère que nous nous reverrons.

— Peut-être, dit-elle en me tendant la main. Merci pour le café et excusez-moi pour tout à l'heure, votre ressemblance avec Max est si troublante.

— Je regrette de ne pas être Max.

— Il ne faut surtout pas, dit-elle en s'éloignant.

Pendant un moment, je reste dans le couloir. J'entends des voix, je m'avance vers la cage d'escalier et je vois Maude conversant avec la concierge. Cela me contrarie de les voir ensemble. Je reviens sur mes pas et, sans bruit, referme la porte.

Je marche de long en large dans l'appartement. J'entends comme une petite voix me chuchoter à l'oreille :

– Qui es-tu, dis-moi, qui es-tu?

– Je suis Anton Schill, crié-je, je suis Oleg, Hans Krool, Frank Howell!

– Des noms, dit la petite voix, ce ne sont que des noms.

Un filet de sueur froide coule sous mes aisselles, je frissonne. J'allume une cigarette et me rends dans la chambre. Je vois le cahier noir, laissé sur la table de chevet, je m'allonge sur le lit, je le prends, mes mains tremblent… Max occupe trop de place dans ma vie; je refuse de lire le cahier.

11.

Depuis ma rencontre avec Maude, je ne me rends plus à la plage. Après le travail, je m'empresse de rentrer chez moi, espérant qu'elle appelle. J'occupe mes soirées à vider l'appartement de ses livres. Les sacs ne suffisent plus ; j'en remplis des cartons et, la nuit venue, les distribue dans la ville. Un jour, Karl est arrivé à la librairie avec une de mes boîtes.

Il y a un étrange personnage qui sème des livres un peu partout. J'aime bien, a-t-il dit en riant de son bon rire bien gras.

Le couloir et le séjour sont maintenant dégagés. Les livres ont laissé leur empreinte sur les murs, je trouve ça assez beau, mais je doute que cela plaise à Maude – mieux vaut effacer toute trace de Max. Je ne dors plus qu'une heure ou deux par nuit, je veux en finir avec cette corvée. Maintenant, je dois me rendre aux limites de la ville, afin que chacun ait son lot. Ainsi, ce matin, je me suis retrouvé sur le bord de mer et m'y suis arrêté, espérant vaguement revoir Jeanne. Rompu de fatigue, je me suis allongé sur le sable. Au réveil, j'ai de nouveau eu cette impression de voir un homme penché sur moi, ses cheveux roux attachés sur la nuque. Un filet de sueur froide a coulé sous mes aisselles, puis tout est devenu flou. Le ciel était d'un gris opaque. Le café donnant sur le port était ouvert; j'ai commandé du vin chaud avec du pain et du fromage. Le vin m'a réconforté. Même s'il était encore tôt, je me suis rendu à la librairie.

J'aime mon travail; je m'en tire assez bien. J'ai même appris à faire du bon café et Karl est content. Nous apprenons à nous connaître. Il a deux passions dans la vie : les livres et les échecs. Moi, les échecs, je ne connais pas; il m'a dit qu'un jour il m'apprendrait.

12.

L'appartement est enfin vidé de ses livres.
Je me demande de quelle couleur le repeindre ;
peut-être en bleu comme la jolie robe bleue
de Maude, ou de ce vert qui rappelle la
couleur des jeunes pousses au printemps. Vu
le manque de lumière, j'opte pour le blanc.

Une semaine plus tard, j'en suis à terminer
les murs de la chambre quand le son strident
du téléphone me fige sur place. Je mets
quelque temps à répondre.

— Allô ?

— Bonsoir, Frank, c'est Maude.

Silence.

— Frank, êtes-vous là ?

— Oui, oui, bonsoir, Maude, comment
allez-vous ?

— Bien, et vous ?

— Bien, très bien.

Silence.

— Frank ? Vous êtes toujours là ?

— Oui, oui.

Silence.

— Si vous êtes libre dimanche, nous pourrions peut-être aller prendre un café ensemble.

— Oui, nous pourrions aller prendre un café ensemble.

Silence.

Maude rit.

— Vous n'êtes pas bavard, dit-elle. Vous connaissez le café devant la librairie, rue Golt ?

— Oui, oui, je connais.

— Bon, disons quinze heures ?

— Bien, je serai là à quinze heures.

— Alors à dimanche, Frank.

— Bonsoir, Maude, et à…

Elle a déjà raccroché. Je reste hébété, à me demander pourquoi j'ai accepté de me rendre à ce café. Si, par hasard, Karl passait par là ? Ou alors un client de la librairie qui me salue en m'appelant Hans ? Tout serait perdu. Encore une fois, Maude croirait avoir été dupée. J'allume une cigarette. J'ai le cœur qui se balade à l'idée de revoir Maude : est-ce de peur ou de joie ? Soudain, l'appartement, vidé de ses livres, m'apparaît morne et sans odeur.

13.

J'arrive bien avant l'heure et m'installe de façon à pouvoir réagir si une rencontre fortuite a lieu. Je commande une bière, la bois presque d'un trait et en prends une autre. À trois heures précises, Maude entre, je me lève et lui fais signe de la main. Elle porte la jolie robe bleue comme le ciel bleu.

— Vous êtes en avance.

— J'aime bien attendre.

— Ah bon, dit-elle en s'assoyant.

Elle prend une menthe à l'eau pendant que je termine ma bière. L'endroit est bondé et bruyant, nous avons du mal à nous entendre. Je lui suggère de partir, elle accepte, et, comme d'un commun accord, nous nous dirigeons vers le bord de mer.

— Vous aimez la mer? dit-elle.

— Oui, beaucoup. Depuis que je suis à Radwick, j'y viens souvent.

— Max n'aimait pas la mer.

Silence.

— Vous ne trouvez pas que ce port est triste? ajoute-t-elle.

— Non, puisque je ne l'ai pas connu autrement.

— Quand j'étais petite, j'adorais venir ici, c'était si vivant, avec toutes ces barques ventrues revenant du large. Mais avec les années, la source s'est tarie. Maintenant, seuls les vieux viennent encore rêver aux jours d'antan. Les jeunes, eux, ont quitté la ville.

— Et vous, Maude, pourquoi êtes-vous restée?

— Je ne sais pas… Peut-être par manque de courage.

— J'ai connu une vieille femme sur cette plage. Elle s'appelait Jeanne. Je lui parlais souvent, et puis un jour elle n'est plus revenue.

— Vous n'avez pas cherché à la retrouver?

— Non.

— Et pourquoi?

— Je ne sais pas; j'étais très seul à ce moment-là, et peut-être que…

— On dirait qu'elle vous manque.

— Oui et non. Je pense souvent à elle… Elle m'a quand même laissé quelque chose.

— Ah oui?

– Je vous montrerai quand vous reviendrez chez moi.

Silence.

– Max ne semblait jamais pouvoir éprouver quoi que ce soit pour les autres.

– Même pour vous?

– Je ne sais plus, il lui était impossible de dire «Je t'aime».

Nous marchons au même rythme, dans le même silence. Je suis heureux.

– Je dois rentrer, dit-elle.

– Il est encore tôt.

– N'insistez pas, Frank.

Je la raccompagne chez elle. Elle ne m'invite pas à monter; nous sommes au pied de l'escalier qui mène à son appartement.

– Je ressens encore un malaise avec vous, dit-elle, la ressemblance avec Max est si troublante.

– Allez, avec le temps, ça se dissipera.

Maude est belle sans l'être, son visage n'a rien de particulier, si ce n'est sa bouche si parfaitement dessinée, et lorsqu'elle sourit, c'est comme une vague qui emporte tout sur son passage.

– Alors, nous nous reverrons?

– Peut-être, répond-elle.

Elle gravit quelques marches, s'arrête et se retourne vers moi; elle sourit. Au même instant, un chat me passe entre les jambes et je m'entends dire :

— Voilà votre chat, Maude.

Son regard s'éteint.

— Qu'avez-vous dit?

Silence.

— Comment savez-vous que j'ai un chat?

Puis elle se précipite dans l'escalier en criant :

— Ne reviens jamais plus, Max!

— Maude, Maude, attendez… Maude…

J'entends le bruit fracassant de la porte qu'elle referme. Je ne comprends plus rien. Pourquoi ai-je dit ça?

Je longe les murs de la ville sans trop savoir où aller, et finalement je me retrouve chez moi. En entrant, je vais directement dans la chambre, je prends la bouteille de Jeanne et l'ouvre; j'ai du mal à en extirper le petit billet, mes mains tremblent. Rien, il n'y a rien, ce n'est qu'une page déchirée d'un cahier. Je me laisse tomber sur le lit… Je pleure. Puis la tristesse, comme toutes les tristesses, finit par s'estomper. Sur la table de chevet, il y a un stylo. D'un jet, j'écris quelques lignes sur la page et l'emprisonne à nouveau dans la bouteille.

Cette nuit, j'ai rêvé à Jeanne. Elle marchait seule sur la plage. Soudain elle s'arrête et ouvre les bras ; un homme court vers elle. C'est moi.

14.

Pendant les jours qui suivent, je n'ai qu'une idée en tête : revoir Maude pour lui expliquer. Mais lui expliquer quoi? Ce que je veux comprendre, c'est pourquoi Maude refuse de se laisser aimer.

Nous sommes samedi, je m'apprête à quitter la librairie.

— Hans, si vous êtes libre demain, me dit Karl, venez donc faire un tour à la maison.

— C'est que... je suis très pris en ce moment.

Il griffonne son numéro de téléphone sur un bout de papier.

— Tenez, dit-il, si jamais vous changez d'idée.

— J'y réfléchirai, dis-je en glissant le papier dans ma poche.

Pour mieux supporter l'attente, je m'occupe à repeindre l'appartement. Tout ce blanc, je ne supportais plus, on aurait dit un linceul… Cette fois, j'ai opté pour un jaune lumineux, tel un pied de nez au soleil qui refuse d'entrer. Je m'arrête le temps de prendre un café et fumer une cigarette. Assis à la table de cuisine devant cette fenêtre sans vue, je repense à l'invitation de Karl et décide de l'appeler; je lui propose de nous rencontrer au café situé dans la rue du port. Il accepte.

J'étais attablé depuis un moment quand, arrivant par-derrière, Karl me met la main sur l'épaule.

— J'espère que la bière est toujours bonne, dit-il en tirant une chaise.

— Très bonne, et les sardines grillées aussi. Vous aimez les sardines?

— Beaucoup, mais dans le temps je venais surtout pour les tripes, elles étaient excellentes.

— Ça, je n'aime pas.

— Dommage, dit-il en riant de son bon rire bien gras.

Le garçon nous apporte deux chopes de bière rehaussées d'un large col, qui laisse sur nos lèvres une pellicule laiteuse que nous essuyons du revers de la main.

— Je ne sors plus, dit Karl, je devrais faire un effort. Et vous, Hans, vous vous plaisez toujours à Radwick?

— Oui, j'aime bien, mais… Enfin, je ne sais plus.

Karl ne dit rien. Je voudrais lui parler de Maude.

— Si nous parlions de Max? dis-je plutôt.

— Mais pourquoi? fait-il, surpris.

— Vous savez que j'habite son appartement?

— Ah oui! Allons, Hans, je vous l'ai déjà dit, ce ne sont que des coïncidences, sans plus.

— Je veux bien vous croire, mais il m'arrive de penser que je suis son double.

— C'est peut-être vrai, dit Karl, on a probablement tous un double quelque part, mais il est très rare qu'on le croise.

— Vous croyez?

Il prend une gorgée de bière et tire sur sa cigarette.

— Pour en finir avec Max, je vous avoue qu'il ne m'était pas très sympathique, alors que vous, je vous aime bien, dit-il en riant de son bon rire bien gras. Et si on prenait une autre chope de bière?

Il se lève pour se rendre au bar. C'est à ce moment-là que je remarque une femme debout à l'entrée du café ; malgré la douceur du temps, elle porte un long manteau d'un vert lumineux rappelant la couleur des jeunes pousses au printemps. Un chapeau noir à large bord dissimule les traits de son visage. Elle éveille en moi une impression de déjà-vu ; pourtant je n'arrive pas à me souvenir. Elle semble chercher quelqu'un et pose les yeux sur moi. Je détourne la tête. Karl revient avec les chopes de bière. Je regarde de nouveau en direction de la femme, elle n'est plus là.

Une fois nos verres vides, Karl me propose de manger.

— Je regoûterais bien à ces excellentes tripes, et pour vous, disons des sardines, accompagnées d'un bon petit rosé bien frais. Qu'en dites-vous ?

Nous nous mettons d'accord et il fait signe au garçon de table. En attendant que nous soyons servis, je demande à Karl s'il est natif de Radwick.

— Non, dit-il, je suis de Slovek. Je devais avoir dans les onze ans quand mes parents sont venus s'installer ici. Mes grands-parents paternels y tenaient déjà une librairie et mes parents ont pris la relève ; cela leur convenait, car, en plus de la passion des livres, ils avaient celle de la voile. Nous passions tous nos temps libres en mer. Puis, quand j'ai eu vingt ans, j'ai cessé de les accompagner; j'étais amoureux. Un jour, je m'en souviens encore, c'était l'heure du déjeuner, j'étais attablé à la terrasse de ce café avec Laetitia quand un vent fou s'est levé. Le ciel et la mer sont devenus d'encre, les vagues, comme des gueules ouvertes, happaient tout sur leur passage. J'ai mis des années à me remettre de la mort de mes parents. Je me sentais coupable de ne pas être parti avec eux, comme si je les avais abandonnés. J'en ai perdu la tête, et la femme que j'aimais. Puis, avec le temps, la vie a refait surface. Je ne suis jamais remonté sur un bateau, mais la mer, je ne lui veux plus.

Quand nous sortons du café, il fait nuit. Nous sommes légèrement ivres.

— Tiens, faudra remettre ça, dit Karl en me donnant l'accolade.

— Oui, oui, faudra remettre ça.

Mes pas incertains me conduisent vers la plage, mais je rebrousse chemin.

Le temps passe. Je n'ai toujours pas revu Maude. Maintenant, il m'arrive même d'appréhender toute rencontre avec elle. Je sens bien que tout est perdu.

Un soir, en rentrant chez moi, je crois revoir la femme au manteau vert aperçue au café. J'accélère le pas. À une intersection, elle tourne sur la droite. Je cours… La rue est déserte.

Une tension s'installe en moi, je perds l'appétit, je deviens distrait. Karl m'observe du coin de l'œil. Je parle du retour des migraines qui m'affligent depuis tant d'années. Il me conseille des remèdes de bonne femme.

15.

On était en fin d'après-midi. Occupé à remettre de l'ordre dans l'arrière-boutique, j'entends Karl dire :

— Maude! Quelle belle surprise!

Un filet de sueur froide coule sous mes aisselles. Je fais quelques pas et me tapis en retrait de la porte. Je les entends parler, mais n'arrive pas à comprendre ce qu'ils disent. Karl élève de nouveau la voix :

— Hans! me lance-t-il, venez donc, je veux vous présenter quelqu'un.

Je ne bouge pas. Ils viennent vers moi, ils sont là, dans l'encadrement de la porte.

— Maude, dit Karl, je te présente Hans.

Elle est en colère, elle parle de cheveux teints, de retour, de supercherie. Karl m'appelle de nouveau; cette fois, il y a de l'impatience dans sa voix. Alors, tel un automate, je me retourne. Maude me regarde, je vois un frémissement sur ses lèvres si parfaitement dessinées.

– Bon Dieu! dit Karl, mais qu'avez-vous, Hans? Êtes-vous malade?

– Non, dit Maude, il n'est pas malade, il a peur.

Moi, je veux juste revoir ce frémissement sur ses lèvres avant le sourire.

– Mais que signifie tout cela? dit Karl sur un ton irrité.

Alors, sans un mot, j'attrape mon blouson et me dirige vers eux; surpris de les voir docilement s'écarter, je traverse la boutique. J'entends derrière moi la voix de Karl :

– Allons, Hans, ne partez pas... Allons, Hans, re...

Puis j'entends le bruit de la porte que je referme.

En arrivant chez moi, je croise la concierge dans le vestibule.

– Bonjour, monsieur Howell, dit-elle d'une voix mielleuse.

Je ne réponds pas et gravis quatre à quatre les marches de l'escalier. Une fois entré dans l'appartement, je vais dans la chambre y prendre la bouteille de Jeanne et, apercevant le cahier noir, je le glisse à l'intérieur de mon blouson. Je quitte l'appartement, prenant soin de laisser les clés sur la porte. La concierge, me voyant revenir, hausse le ton :

— Il faudrait penser au loyer, monsieur Howell!

Je passe outre, sans même un regard.

— Monsieur How...

J'ai dû marcher très vite, car me voilà déjà devant la gare, à l'autre extrémité de la ville. Je demande un aller simple pour le prochain train en partance. Je veux juste partir, défier les règles du jeu, en espérant qu'elles ne soient plus les mêmes. Le train, tel un animal après un long sommeil, s'ébranle lentement. La tension qui m'habite s'estompe peu à peu, puis disparaît. Le jour, encore une fois, se retire sans histoire devant la nuit.

Je baisse les rideaux du compartiment. J'enlève mon blouson et, après en avoir retiré le cahier noir, je l'enroule autour de la bouteille comme pour la protéger d'un éventuel contrecoup. Je m'installe côté fenêtre, allonge les jambes sur la banquette d'en face et fume une cigarette avec lenteur. Ensuite, tel un rituel qu'il me faut accomplir, j'ouvre le cahier noir. Mes yeux se posent sur l'écriture ronde et soignée, et j'ai comme l'impression qu'une porte s'ouvre.

Le cahier noir

16.

J'avais cru entendre des petits coups répétés
à la porte ; je me lève, il n'y a personne. La
chambre est inondée d'une lumière ambrée
qui accentue la couleur jaune de ses murs.
Face à la fenêtre, une table, et sur cette
table, une boîte de stylos avec sa pile de
feuilles blanches, comme une invitation à
écrire. Sur le mur de droite, une grande
armoire – je n'ai rien à y mettre –, puis
viennent le lit et une commode. Dans l'angle
opposé se trouve un vieux fauteuil en cuir
marron clair, flanqué d'une lampe sur pied.
Et, jouxtant la porte, un petit lavabo et son
miroir.

Après m'être rafraîchi, je sors de la chambre.
Un long couloir débouche sur une pièce, avec
au fond, à gauche, un escalier en colimaçon.
Je descends lentement et me retrouve dans un
café. L'homme derrière le bar lève la tête. Son
nom me revient, il s'appelle Jorge.

— Bonjour, Max, dit-il, puis ajoute, s'adressant aux hommes accoudés au bar : Je vous présente un ami.

Après m'avoir salué d'un signe de tête, les hommes reprennent leur conversation. Jorge m'invite à m'asseoir et me prépare un café, qu'il me sert accompagné de pain et de confiture. Je mange avec appétit ; le pain a un goût que je ne lui connaissais plus. Une fois le repas terminé, j'allume une cigarette.

J'aime ces cafés de village, ils sont sans prétention, comme les petites gens. Leurs murs, d'une couleur indéfinissable, patinés par le temps et la nicotine, sont imprégnés d'odeurs et de racontars. Face au bar, où je me trouve, les tables s'agglutinent, et plus loin se font solitaires. Derrière le comptoir, au-dessus d'une large glace, sont sagement alignées des photos noir et blanc. Elles représentent toutes un cafetier debout, un torchon à la main, occupé à essuyer des verres. Seul le cafetier y est chaque fois différent. La photo de Jorge a peut-être déjà été prise et attend quelque part la venue du prochain propriétaire pour prendre sa place avec les autres. Jorge revient vers moi, s'installe à ma table et m'offre une cigarette ; j'accepte.

— Alors, Max, vous n'avez pas de regrets ?

Je ne comprends pas très bien de quels regrets il parle, mais réponds quand même :

— Non, non, aucun.

— C'est bien, dit-il.

Il tire à deux ou trois reprises sur sa cigarette, puis se penche vers moi, comme pour n'être entendu de personne.

— Ici, le temps n'existe pas, il vous faudra apprendre à le perdre.

Il éteint sa cigarette et se lève.

— Allez donc marcher dans la campagne, nous nous retrouverons ce soir.

Et c'est ce que je fis.

Cette nuit-là, une femme entre au village. Elle porte un manteau vert, de ce vert qui rappelle la couleur des jeunes pousses au printemps, et un chapeau noir à large bord qui dissimule les traits de son visage.

17.

Durant les premiers jours qui suivirent mon arrivée à Perr, j'ai souvent pensé repartir. J'avais l'impression d'être dans un monde dont j'ignorais les codes, j'étais désemparé, et les montagnes tout autour m'oppressaient. Jorge, au contraire, en parlait comme d'un mur protecteur. Contre quoi? Je ne sais pas. Mais, avec le temps, j'ai appris à me perdre dans les sentiers. Souvent, je m'arrêtais et, m'allongeant sous un arbre, je regardais le ciel durant des heures, suivant bêtement les nuages, me laissant pénétrer par les odeurs, les bruits, les silences, et peu à peu c'était comme si mon âme s'élargissait, prenant toute sa place; je m'abandonnais.

Le soir venu, je rejoignais Jorge au café. Nous prenions une bière le temps que les derniers clients se décident à partir et ensuite nous montions à l'étage pour dîner. Nous mangions simplement, une grillade ou une omelette, accompagnée d'un peu de fromage et de vin.

Très vite, Jorge m'est apparu différent de l'homme rencontré dans le train; il parle peu et jamais ne me questionne. De toute façon, je n'ai rien à lui dire. Disons qu'une entente silencieuse s'est installée entre nous. Les mots, souvent, ne font que remplir le vide. Étrangement, à Perr, il y a comme une absence de vide.

Puis, un soir, Jorge rompit le silence et se raconta :

— Un de ces petits matins, après une nuit d'insomnie, je guettais l'aube qui tardait à venir; le ciel était opaque. Ma femme, Katrine, dormait dans la chambre voisine. Je suis allé m'allonger près d'elle, son souffle avait une odeur de fruit mûr, elle était belle, je l'aimais. Après un long moment, je me suis levé et, sans un mot pour elle, j'ai quitté la maison et filé avec la voiture. Je roulais sans but. Il se mit à tomber des clous, je n'y voyais plus rien et me suis retrouvé dans les montagnes. La route, étroite et sinueuse, ne me laissait aucun choix; les mains crispées sur le volant, la tête vide, je devais continuer, et, au bout de cette route, il y a eu Perr.

Ensuite, il s'est tu.

— Et votre femme? osai-je lui demander.

— Un jour, elle viendra, dit-il.

Puis il s'est levé et, comme il le faisait tous les soirs, m'a souhaité bonne nuit et s'est retiré dans sa chambre.

J'aimais sortir dans le petit jardin à l'arrière du café de Jorge. Je m'asseyais sur le vieux banc de pierre longeant le mur et j'écoutais l'autre grandir en moi.

Il n'y a pas d'étoiles dans le ciel de Perr.

Est-ce dû à la couleur ambrée des murs ou à la façon dont les meubles l'habitent? Je n'en sais rien; mais chaque fois que j'entre dans la chambre au-dessus du café, je me sens bien.

Avant d'aller au lit, je m'installe dans le vieux fauteuil de cuir marron clair. Mes yeux traînent autour de la pièce, et s'arrêtent sur la grande armoire, que je n'ai jamais ouverte. Je me lève, j'ai le cœur qui cogne sans trop savoir pourquoi. Debout devant elle, j'hésite, et finalement me décide. Telle une grande tache lumineuse se découpant contre la nuance sombre du bois, j'y trouve des vête-ments de femme, tous de couleur verte, de ce vert qui rappelle la couleur des jeunes pousses au printemps. Des images floues se bousculent dans ma tête ; j'ai chaud, je transpire et ferme les yeux ; lentement, tout s'efface. Je pense à Katrine, la femme de Jorge. Ces vêtements ne peuvent être les siens, puisqu'elle n'est jamais venue à Perr. À moins que Jorge n'ait menti ? Ma main glisse lentement sur les étoffes, elles sont douces au toucher, certaines chaudes, d'autres froides au bout des doigts. Je referme les portes, comme on referme un livre, gardant l'illusion d'un rêve vécu.

Cette nuit-là, j'ai rêvé sans souvenirs.

18.

Las de parcourir la campagne, je passe de plus en plus de temps au café. Un matin, Jorge me dit :

– Je pourrais t'apprendre le métier de cafetier.

Tiens! pensé-je, il vient de me tutoyer. J'ai accepté son offre. Ce travail me plaît.

Elle est grande, mince, et toujours vêtue de couleurs sombres. En la voyant, j'ai pensé aux vêtements verts enfermés dans l'armoire et me suis dit qu'ils étaient pour elle. Ses cheveux marron foncé pailletés de fines lignes argentées sont coupés courts sur la nuque, avec une frange sur le front qui accentue le bel ovale de son visage. Autour des yeux et de la bouche, le temps a figé de petits îlots. Est-ce d'avoir trop aimé, ou pas assez? Tous les jours à seize heures, elle arrive, appuie son vélo contre le mur du café et entre. Sans m'accorder un regard, elle commande un allongé et une petite bouteille d'eau. Sa voix, rauque et profonde, pénètre l'oreille telle une brise chaude et lentement chemine jusqu'au cœur. Elle s'installe à l'endroit où les tables se font solitaires et inlassablement répète les mêmes gestes. Elle retire de son sac tabac, cahier noir et stylo; elle roule une cigarette, l'allume et commence à écrire. J'attends toujours ce moment pour m'approcher d'elle. J'aimerais tant apercevoir les mots allongés sur la page blanche, mais, dès que j'arrive, elle tourne la page, et je ne vois que sa longue main tenant le stylo, comme suspendue, en attente. Pendant deux heures, elle reste penchée, à écrire. Quelquefois, en fumant, elle relève la tête, mais jamais ne pose les yeux sur moi, et c'est peut-être mieux ainsi, vu le tumulte qui m'habite – cela pourrait l'effrayer. Puis, vers dix-huit heures, elle se lève, s'arrête au comptoir, dépose la note et l'argent et, sans un regard, elle s'en va.

J'ai l'impression de connaître cette femme, de l'avoir déjà vue quelque part. J'allonge le bras et lève le rideau de la fenêtre. Le train file dans la nuit noire. J'appuie le front contre la vitre, elle est froide, je frissonne. Je tire le rideau et reprends le cahier.

19.

Il était encore tôt, je venais d'ouvrir quand Jorge est descendu.

— Max, dit-il, je dois partir pour quelques jours. Si tu veux bien t'occuper du café, ça me va, sans quoi je fermerai.

J'ai tout de suite répondu oui.

— Bien! dit-il. Je pourrais aussi te laisser la voiture, mais il te faudrait alors me conduire à Kâ et me reprendre au retour.

J'ai tout de suite répondu non.

Une angoisse soudaine m'envahit à l'idée de m'éloigner de Perr, comme une peur de ne pouvoir y revenir.

— Je ne m'absenterai que quatre jours, dit-il.

— Vous pouvez prendre tout votre temps.

— Quatre jours me suffiront.

Où allait-il? Revoir sa femme? Je n'ai pas osé le questionner.

Ce jour-là, un inconnu d'une carrure impressionnante, et vêtu de blanc de pied en cap, entre au café. Je ne l'avais jamais vu auparavant. Il s'arrête devant moi et commande une bière. Depuis déjà un moment, la femme est attablée et occupée à écrire. L'homme se dirige droit vers elle, puis s'arrête devant sa table ; elle tarde à lever les yeux. Je la sens contrariée. Il tire une chaise.

— Bonjour, Alexia, dit-il en s'assoyant.

Le nom résonne à mon oreille. Alexia, Alexia, répété-je en sourdine. Je ne les quitte pas des yeux ; la bière déborde sur mes mains, je m'empresse de refermer le robinet. Il lui parle, mais je n'arrive pas à comprendre. Elle ferme le cahier, prend le tabac ; elle a du mal, ses doigts tremblent, elle n'en finit plus avec cette cigarette. Je m'approche avec le verre de bière. L'homme se tait et me jette un regard froid. Alexia, comme à son habitude, ne me regarde pas. Je m'éloigne et reprends mon poste. Elle parle à son tour, mais sa belle voix qui chemine jusqu'au cœur n'est qu'un long chuchotement. L'homme semble réfléchir, puis élève la voix :

— Il le faut, Alexia, le temps est venu, il le faut…

Elle tourne la tête vers moi, un regard comme une éternité. Il n'y a entre nous que le nuage bleuté de sa cigarette. L'homme se retourne à son tour, je baisse les yeux. Ensuite il se lève et s'en va.

Après son départ, Alexia reste là, comme suspendue dans le temps. Puis, elle se lève et vient vers moi, dépose la note et l'argent, me regarde et dit :

– Bonsoir, Max.

Je reste sans voix.

Durant l'absence de Jorge, bien qu'étant seul pour le repas du soir, je dresse deux couverts, un pour Alexia et l'autre pour moi. Je parle de tout, de rien, et l'imagine m'écoutant, silencieuse. L'éclairage de la pièce donne à ses yeux pers une couleur ambrée. Quelquefois, elle rit de mes maladresses, son rire est sonore. Mon repas terminé, je m'en vais dans la chambre. J'ouvre les portes de l'armoire, je choisis une robe que j'étale soigneusement sur le lit et m'allonge près d'elle. J'entends alors le souffle d'Alexia, au-dessus de moi, en dessous de moi, en moi. Je n'existe plus. C'est peut-être ça, l'amour, ne plus exister. Mes nuits sont sans rêves.

20.

Depuis son retour, Jorge semble inquiet, tendu, je n'ose pas le questionner.

L'homme vêtu de blanc n'est pas revenu, mais depuis son passage quelque chose d'imperceptible a changé, comme un décalage, un glissement.

Aujourd'hui, Alexia en est à sa cinquième cigarette ; normalement elle en fume trois. Peut-être les mots tardent-ils à venir, ces mots tapis au fond de la mémoire, qui souvent nous entraînent sur des chemins obscurs menant on ne sait où. Elle referme le cahier noir et se lève. C'est à ce moment que Jorge me dit :

— Nous fermerons plus tôt ce soir.

Alexia venait de franchir la porte quand j'aperçois le cahier oublié sur la table. Je pense d'abord à me précipiter derrière elle, mais n'en fais rien. Je vais aussitôt prendre le cahier, le dissimule sous mon pull, et ensuite le range sous le comptoir. Après avoir invité les gens à partir, Jorge monte à l'étage et, une fois la place vide, je le rejoins.

Pendant le repas, nous restons silencieux, il tarde à me parler de ce qui le préoccupe. Nous en sommes au café quand il dit :

— Ma femme, Katrine, va bientôt venir.

— Ah oui! dis-je, surpris.

Silence.

— Je verrai à me loger ailleurs.

— Pourquoi? dit-il. La maison est assez grande.

— Il vaudrait peut-être mieux que vous soyez seuls.

— Je vais repeindre la chambre, dit-il. Si tu veux bien t'occuper du café, je m'y mettrai dès demain.

— Mais oui.

— Quand le temps est venu, il faut partir, dit-il en s'éloignant.

Une étrange impression m'envahit. J'ai peur, je pense à Alexia.

— Mais je n'ai aucune envie de quitter Perr.

— C'est très bien, Max, c'est très bien.

Après avoir entendu la porte se refermer derrière lui, je descends au café reprendre le cahier d'Alexia.

Assis dans le vieux fauteuil en cuir marron clair, je tiens le cahier noir dans mes mains, le presse contre moi. J'ai le cœur qui cogne. Enfin je pourrai voir la belle écriture si longtemps convoitée! Mais j'hésite à ouvrir le cahier. Alexia l'a-t-elle oublié, ou volontairement laissé sur la table? Le doute s'installe. Je pose le cahier sur mes genoux, j'allume une cigarette et ferme les yeux. Il ne faut pas violer les mots, ils sont si fragiles, il ne faut pas détruire le rêve.

> *Tu es une femme qui a une histoire. Mais comment était-elle, cette histoire? Le problème était de savoir où commencer. Où commencer une histoire? Les histoires arrivent et elles n'ont pas de début. Ou du moins ce début ne se voit pas, il vous échappe parce qu'il était déjà inscrit dans un autre début, dans une autre histoire, le début est seulement la continuation d'un autre début.*

Le cahier repose sur mes genoux; pourtant, j'ai l'impression de l'avoir ouvert.

21.

On aurait dit qu'une main invisible s'amusait à ralentir les aiguilles de l'horloge. Enfin elle entre. Je dépose le cahier bien en vue sur le comptoir. Arrivée à ma hauteur, elle s'arrête, allonge le bras et le prend.

– Vous l'avez ouvert? me demande-t-elle.

J'hésite à répondre.

– Non, non, dis-je enfin, je ne l'ai pas ouvert.

– Dommage, il y avait un mot pour vous. Mais ça n'a pas d'importance, dit-elle en s'éloignant.

La journée se déroule comme à l'habitude, mais elle me paraît interminable, car Alexia n'a pas eu un seul regard pour moi. J'en ai gardé une tristesse au cœur.

Cette nuit-là, je n'arrive pas à trouver le sommeil. J'ouvre les yeux et allume la lampe de chevet. Alexia est assise dans le vieux fauteuil, le cahier noir posé sur ses genoux.

– Pourquoi êtes-vous si agité? dit-elle.

– Je ne sais pas, peut-être à cause de vous.

– Vous croyez?

Silence.

– J'ai le vague pressentiment qu'il me faudra quitter Perr, et cela me trouble.

– Pourquoi? dit-elle.

– Je ne veux pas vous quitter, et je ne saurais où aller.

Elle ne dit rien et tourne la tête; son regard s'arrête sur la grande armoire, dont les portes sont restées ouvertes.

– Dites-moi, Max, à qui sont tous ces vêtements de femme?

– Je n'en sais rien, mais dès que je vous ai aperçue au café, j'ai…

– Vous croyez que cette couleur m'irait? dit-elle sans me laisser terminer.

– Cette couleur, Alexia, n'existe que pour vous.

Dans la pénombre, je devine un imperceptible sourire sur ses lèvres; mais peut-être valait-il mieux fermer les yeux pour le voir.

– Alexia, j'aimerais lire ce mot que vous avez écrit pour moi dans le cahier noir.

— Une autre fois…

J'esquisse un mouvement pour me lever et me retrouve allongé sur le sol. Je ressens une douleur à l'épaule. Le fauteuil est vide, la chambre, froide et noire.

Le lendemain, Alexia n'est pas venue au café. La journée n'en finissait plus de mourir. Jorge était toujours là-haut, occupé à repeindre la chambre. Après la fermeture, il est descendu.

— J'ai terminé, a-t-il dit, et il m'a invité à la voir.

Sur les quatre murs de la pièce, une ligne noire s'étire d'une surface à l'autre, telle une démarcation entre deux pôles, et, recoupant cette ligne, il y a des taches rouges, jaunes et bleues, telles des zones en gestation, au bord de l'éclatement, stigmates laissant leurs traces sur les murs de la chambre.

— J'attends qu'elle soit de retour pour l'habiter, dit-il.

Et il referme la porte.

22.

Je laisse la lampe de chevet allumée, je suis aux aguets, espérant le retour d'Alexia. Les heures passent, j'ai dû m'assoupir; un bruissement m'arrive à l'oreille, j'ouvre les yeux. Revêtue de la robe verte que j'avais choisie pour elle, Alexia a repris sa place dans le vieux fauteuil; elle croise les jambes.

— Vous êtes si belle, lui dis-je, j'avais raison, cette couleur n'existe que pour vous.

L'imperceptible sourire se dessine à nouveau sur ses lèvres. Je veux m'approcher d'elle.

— Ne bougez pas.

— Mais, Alexia…

— Je vous en prie, restez où vous êtes.

Docilement, j'obéis.

Silence.

— Dites-moi, Max, qu'êtes-vous venu faire ici?

— Je ne sais pas, je ne sais plus. J'ai suivi Jorge, voilà tout.

Silence.

— Mais, depuis notre rencontre, je sais que c'est pour vous que je suis là.

Silence.

— Je vous ai attendue, aujourd'hui, au café, j'étais triste. J'aime tant vous voir assise à cette table, noircissant la page blanche des mots que vous me refusez.

— Alors pourquoi ne pas avoir ouvert le cahier l'autre jour?

— Je n'ai pas osé, j'avais peur.

— Que craigniez-vous?

— Peut-être quelque chose que je ne veux pas voir ou comprendre.

— De toute façon, ce que j'écris vous serait illisible.

— Vous écrivez dans une langue étrangère?

— C'est cela, une langue étrangère.

— Et le mot, comment aurais-je pu le lire?

— À ce moment-là, vous auriez pu.

— Vous m'en écrirez un autre, un jour?

Elle ne répond pas.

Silence.

— Et vous, Alexia, il y a longtemps que vous êtes à Perr?

— Oui, très longtemps, mais je vais et je viens.

— Et où allez-vous?

Le bruit d'un objet tombant au sol me fait sursauter. La robe verte, inerte, repose sur le fauteuil vide.

Le train ralentit et s'arrête sur une voie d'évitement. J'allume une cigarette, me demandant si le cahier est celui de Max ou d'Alexia. Je sors du compartiment et longe le couloir; les wagons sont restés vides. Je m'aperçois dans une glace et reste surpris par la couleur rouge de mes cheveux. Le train s'ébranle et lentement reprend sa course. J'éteins ma cigarette. Et je tourne à nouveau les pages noircies du cahier noir, puis je ferme les yeux.

23.

Pendant les jours suivants, je n'ai pas revu Alexia, ni au café, ni dans la chambre, ni dans les rêves. Une tristesse sournoise fait son nid. Jorge me conseille à nouveau d'aller me perdre dans la campagne. Je suis donc parti à la recherche d'Alexia. Ma seule piste est le vieux vélo avec lequel elle vient au café. J'en ai vu plusieurs rangés le long des murs, mais aucun ne semblait être le sien. Je rentre le soir, accablé et déçu, me demandant si tout cela est dans le rêve ou hors du rêve.

Aujourd'hui, le vent souffle, j'ai peine à avancer. Le ciel est d'un gris de plomb. J'allais faire demi-tour quand j'aperçois un vieux cabanon en pierre, perdue au milieu d'un champ de vignes. Je laisse mon vélo sur le bord du fossé et décide de m'y rendre à pied. Les sarments non taillés me fouettent les cuisses. Tout est à l'abandon et la porte, bien barricadée. Contre le mur, un vieux vélo rouillé, amputé d'une roue et du siège, me rappelle celui d'Alexia. Sur le côté sud de la maison, par une fenêtre aux carreaux dépolis, je peux voir l'intérieur. Une table et quelques chaises occupent le milieu de la pièce. À droite, contre le mur, un lit; vient ensuite une cheminée et, lui faisant face, un fauteuil recouvert d'un jeté. D'où je me trouve, je devine sur la gauche un coin cuisine. Cette maison éveille en moi un sentiment d'appartenance, comme si je me retrouvais enfin chez moi. Je m'assois devant la porte et je pleure. Le vent a finalement eu raison des nuages. À la tombée de la nuit, je retourne au village.

– J'ai trouvé à me loger, dis-je à Jorge en entrant dans le café.

– Ah oui? dit-il.

– Il est temps que je m'installe ailleurs.

– Comme tu voudras.

Après le repas, je suis allé prendre un grand carton dans la remise. J'y ai mis mes petites affaires, et vidé la grande armoire. Le lendemain, j'ai repris mon travail au café, et le soir même j'enfonçais la porte du cabanon.

Une fois les carreaux nettoyés et la poussière évacuée, j'ai chaulé les murs. Aux poutres, telles les branches d'un arbre paré de ses jeunes pousses vertes, j'ai suspendu les robes d'Alexia. Maintenant, quand j'entre dans cette maison, je pénètre dans le rêve, non pas celui que l'on fait en dormant, mais celui qui est là, en nous, et que l'on finit par détruire en s'activant à tout et à rien.

Depuis que j'habite la maison dans les vignes, toutes les nuits je refais le même rêve. Sur un bord de mer, vaguement connu, le jour s'achève. Le soleil hésite à se noyer dans la mer en détresse. Assis, j'attends quelqu'un, mais j'ignore qui. Une vieille femme passe, elle semble ne pas me voir; je me dis qu'elle n'est pas dans le rêve. Dans une main, elle tient une bouteille avec un petit billet roulé à l'intérieur. Je la regarde s'éloigner. Elle s'engage sur le quai et, lorsqu'un pas de plus la précipiterait dans le vide, elle s'arrête. Elle déploie un bras, tel un oiseau cherchant à s'envoler, et, au dernier moment, sa main se crispe, retenant la bouteille, comme pour défier la mer.

24.

Je suis seul au café. Jorge est encore parti et Alexia n'est toujours pas de retour. Aujourd'hui, le boucher itinérant du village, qui fait aussi office de facteur, est venu me remettre une grande enveloppe. Les habitants de Perr ne reçoivent jamais de courrier, cela a créé tout un émoi, mais personne n'a osé me questionner. Sur l'enveloppe, seuls apparaissaient mon nom et le lieu : « Perr, région de Kâ ». Préférant être seul pour l'ouvrir, je l'ai rangée sous le comptoir. Les vieux accoudés au bar étaient déçus, mais sont finalement retournés à leurs habitudes. Pendant le reste de la journée, je n'ai cessé de m'interroger, espérant que l'enveloppe me vienne d'Alexia.

Le soir venu, je pousse un peu sur les retardataires et ferme le café. Je me sers une bière et, l'enveloppe sous le bras, je vais m'asseoir où Alexia avait coutume de s'installer. J'allume une cigarette, soupèse l'enveloppe et examine de plus près le tampon de la poste, qui indique Slovek, et la date ; cet endroit évoque quelque chose en moi, mais je ne m'y attarde pas. Un petit cahier noir se trouve à l'intérieur. J'ai le cœur qui déraille ; la belle écriture, si long-temps convoitée, s'allonge, ronde et souple. Sur la page blanche, une seule phrase :

Ne t'affole pas, petit oiseau, ne t'affole pas.

Le reste des pages du cahier ont été arra-chées. Les mots cheminent jusqu'à mon oreille. Ces mots ont une odeur, je les connais, ils font partie du rêve, ils me disent de venir.

Dès le retour de Jorge, je partirai.

25.

Ce soir-là, je ne suis pas rentré à la maison dans les vignes; sans trop savoir pourquoi, je me suis réfugié dans mon ancienne chambre au-dessus du café.

Assis dans le vieux fauteuil en cuir marron clair, j'ai la tête vide, je suis en attente, ni heureux ni malheureux. Je n'ai pas sommeil. Je fume une cigarette. La maison est silencieuse.

J'ai me suis endormi; mais un bruit de pas dans le couloir me réveille. Devant la porte restée ouverte, Jorge passe, accompagné d'une femme.

– Jorge! crié-je.

– Que fais-tu ici? dit-il en revenant seul sur ses pas.

– Je dois partir, Jorge, demain je dois prendre le train.

– Bon, dit-il, je t'accompagnerai, mais laisse-moi d'abord dormir un peu.

Et il se retire.

Je descends au rez-de-chaussée, et rentre chez moi. Dans le grand carton, je range soigneusement les robes d'Alexia. Face à la cheminée sans feu, je passe le reste de la nuit à attendre que le jour se lève. Après avoir barricadé la porte, je quitte la maison dans les vignes.

L'après-midi est déjà bien entamé quand Jorge descend. Il ne dit rien de la femme qui l'accompagnait. Il prend un café et moi, une bière.

— Tu veux aller du côté de Radwick ou de Slovek? me demande-t-il.

— Je veux me rendre à Slovek.

— Alors nous avons trois bonnes heures devant nous.

Il reprend un café, mange un peu et allume une cigarette. C'est peut-être la dernière fois que nous nous retrouvons ainsi accoudés au bar; étrangement, cela me laisse indifférent. Comme s'il savait, Jorge me dit :

— Le temps venu, la douleur s'estompe.

Ensuite il remonte à l'étage, probablement pour avertir la femme de notre départ. Je verrouille la porte du café, range les chaises sur les tables et passe la serpillière. Quand Jorge redescend, il dit :

– C'est l'heure.

Je dépose le carton sur le siège arrière de la voiture. Bien que je sois arrivé sans bagage, Jorge ne me questionne pas sur son contenu. Assis à ses côtés, je refais en sens inverse le chemin parcouru à mon arrivée. L'angoisse à l'idée de quitter Perr s'est évanouie. Je me laisse bercer par le tangage sur la route sinueuse. Arrivés à Kâ, nous attendons, silencieux, sur le quai désert. Le chef de gare apparaît, une lanterne à la main; il nous salue au passage. Quelques secondes après, le train arrive. Toutes les fenêtres sont obscures, sauf une, qui laisse filtrer la lumière le long des rideaux tirés. Jorge me serre dans ses bras; je réponds à son étreinte. Les mots n'ont plus de résonance, ils sont muets. Je reprends le carton et, sans me retourner, monte dans le train.

Je longe les wagons vides et noirs; rendu au cinquième, je retrouve le compartiment éclairé. Je m'arrête devant la porte.

Il referme le cahier noir et tourne la tête, un filet de sueur froide coule sous ses aisselles.

La porte s'ouvre.

Épilogue

26.

Dans la région de Kâ, un paysan laboure son champ. Il croit encore entendre ce bruit innommable lui traverser le corps comme une onde; ce bruit douloureux comme une longue plainte et puis ce silence qui donne envie de crier comme pour l'anéantir. Il revoit le train telle une énorme bête gisant dans son champ, ses membres éparpillés. Mais l'homme se dit que la terre doit revivre et il pousse plus avant sa charrue. Sur le flanc du sillon fraîchement retourné, il aperçoit une bouteille. Il se penche, la prend. À l'intérieur, il y a un petit billet roulé; n'arrivant pas à l'en extirper, il fracasse la bouteille contre une pierre, puis il lit:

Je ferai un enfant.
Ce sera une fille.
Elle s'appellera Jeanne.

L'homme fourre le billet dans sa poche et rentre chez lui. Neuf mois plus tard, sa femme accouchera d'une fille, ils l'appelleront Jeanne, et ses cheveux seront de couleur rouge.

Cette chevelure magnifique et rebelle, elle la portera attachée sur la nuque, comme pour l'assagir. Elle aimera, entre toutes, la couleur verte, ce vert qui rappelle la couleur des jeunes pousses au printemps; et elle aura un secret qu'elle ne partagera avec personne : l'odeur des livres la bouleversera.